光文社文庫

長編時代小説

初花

吉原裏同心(5)
決定版

佐伯泰英

光　文　社

目次

新吉原廓内図

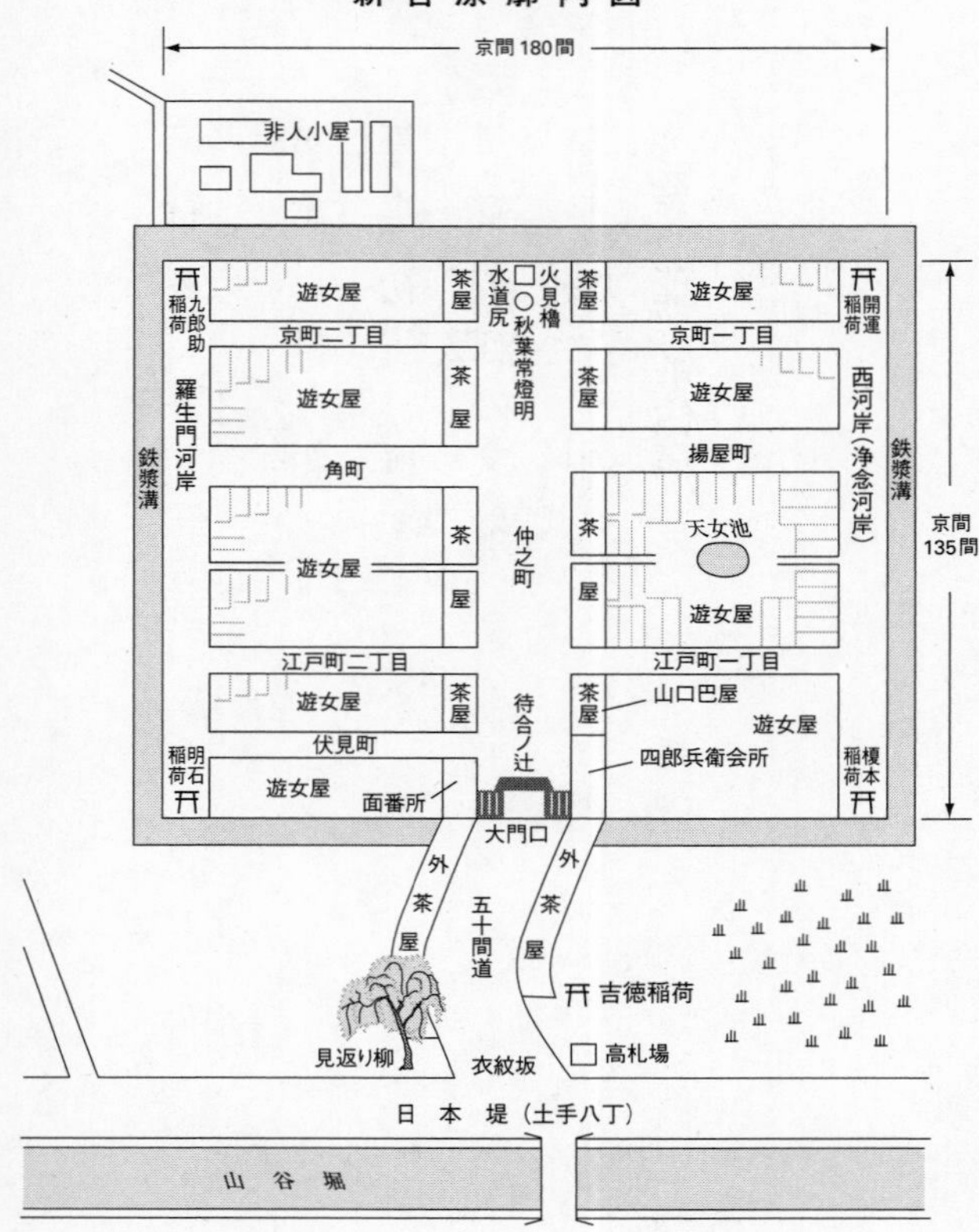

京間180間
非人小屋
九郎助稲荷
遊女屋
茶屋
火見櫓
水道尻
秋葉常燈明
遊女屋
開運稲荷
京町二丁目
京町一丁目
羅生門河岸
西河岸(浄念河岸)
鉄漿溝
揚屋町
角町
天女池
仲之町
京間135間
江戸町二丁目
江戸町一丁目
山口巴屋
待合ノ辻
伏見町
明石稲荷
四郎兵衛会所
榎本稲荷
面番所
大門口
外茶屋
五十間道
吉徳稲荷
見返り柳
衣紋坂
高札場
日本堤(土手八丁)
山谷堀

北
東
南
西
鐘ヶ淵
千住大橋
荒川
隅田村
千住道
三河島
田端
日暮里
小塚原
隅田川
寺島村
日本堤
駒込
谷中
金杉上町
新吉原
今戸町
千駄木
白山
鷲神社
山谷堀
今戸橋
下谷
東叡山寛永寺
浅草寺
小梅村
根津権現
本郷
御薬園
小石川
幡随院
広徳寺
阿部川町
東本願寺
浅草花川戸町
吾妻橋
中堂
伝通院
不忍池
新堀川
田原町
竹町ノ渡し
三間町
菊坂町
池之端仲町
下谷広小路
御徒町
並木町
駒形堂
春日町
湯島天神
蔵前
水戸徳川家
北割下
牛込
森田町
御米蔵
石原町
神田川
神田明神
外神田
向柳原
天王町
神楽坂
牛込御門
小石川御門
水道橋
浅草橋
柳橋
御竹蔵
南割下水
昌平橋
筋違御門
和泉橋
柳原土手
両国広小路
番町
田安御門
俎板橋
雉子橋御門
一ツ橋御門
内神田
馬喰町
両国橋
回向院
本所
市谷
竪川
市谷御門
清水御門
神田橋御門
小伝馬町
今川橋
日本橋
新大橋
常盤橋御門
小名木川
室町
江戸橋
麹町
北町奉行所
半蔵御門
江戸城
呉服橋御門
仙台堀
深川
南茅場町
材木町
西之御丸
日本橋
八丁堀組屋敷
永代橋
鍛冶橋御門
京橋
霊岸島
富岡八幡宮
南町奉行所
桜田御門
永田町
赤坂御門
数寄屋橋御門
西本願寺
越中島
石川島
山王日枝神社
新橋
築地
佃島
溜池
幸橋御門
汐留橋

『初花』主な登場人物

神守幹次郎……豊後岡藩の元馬廻り役。幼馴染で納戸頭の妻になった汀女とともに、逐電。その後、江戸へ。汀女の弟の悲劇が縁となり、吉原会所の七代目頭取・四郎兵衛と出会い、遊廓の用心棒「吉原裏同心」となる。

汀女……幹次郎の三歳年上の妻。借金を理由に豊後岡藩の納戸頭藤村壮五郎の妻となっていたが、幹次郎とともに逐電。幹次郎の傍らで、遊女たちに俳諧、連歌や読み書きの手解きをしている。

四郎兵衛……吉原会所の七代目頭取。幹次郎を吉原裏同心に抜擢。幹次郎・汀女夫妻の後見役。

仙右衛門……吉原会所の番方。四郎兵衛の腹心で、吉原の見廻りや探索などを行う。

玉藻……料理茶屋・山口巴屋の女将。四郎兵衛の実の娘。

村崎季光……吉原会所の前にある面番所に詰めている南町奉行所隠密廻り同心。

足田甚吉……豊後岡藩の中間。幹次郎・汀女の幼馴染。

薄墨太夫……人気絶頂、三浦屋の花魁。

初花

——吉原裏同心（5）

第一章　いばり組

一

さくら艸　春のにしきの　小切れなり（柳多留）

江戸の町々に巣鴨村や尾久の原や戸田河岸辺りの百姓娘の、

「さくら草の鉢植え！」

との呼び声が響いた。鉢植えを売りに来た娘らは、春先の江戸の風物詩だ。

天明七年（一七八七）陰暦二月末の昼下がり、神守幹次郎は本石町三丁目の長崎屋の前に集まる大勢の野次馬の中にいた。

新しい時代が始まろうとしていた。前年の八月二十五日、将軍家治が死去し、

「銭出せ、金出せ、まいないつぶれ」

と悪評をうたわれた田沼時代が終わりを告げた。

遡って四月十五日には弱冠十五歳の徳川家斉が征夷大将軍の宣下を受けて、十一代将軍の位に就くことがすでに決まっていた。

家斉は御三卿の一家、一橋治済の長男として生まれ、後継のなかった家治の養子として西の丸に入っていた。

この日、幹次郎は朝から下谷山崎町の香取神道流津島傳兵衛の道場に行き、二刻半（五時間）ほど稽古をした。

津島道場の高弟たちとの打ち込みが主だった。

それだけに帰り途、腹はぺこぺこに空いていた。だが、浅草田町の左兵衛長屋に戻っても姉様女房の汀女は吉原の手習い塾に教えに行き留守だったし、穏やかな日和がふらふらと下谷から本石町へと向かわせたのだった。

長崎屋は長崎の阿蘭陀人商館長が参府したときの定宿であった。

「おい、見ねえ、赤毛の頭がちらりと覗いたぜ」

「顔の赤いことといったら、まるで赤鬼だねえ」

「おめえは赤鬼を見たことがあるのかえ」

「ねえがよ、赤鬼というくれえなら、あの異人みてえに顔が赤かろうぜ」

「御目見はだれと会うのだよ」

「そりゃ、将軍様に決まってらあ」

「家治様が亡くなられたが、家斉様はまだ将軍様じゃあるめえ」

「堅いことは言いっこなしに、十一代様に決まった家斉様と面会するのに決まってらあな」

仕事の途中に足を止めた職人ふたりの会話が幹次郎の耳に入った。

家斉は徳川家歴代の将軍としては最長の、五十年の権勢を振るうことになる。だが、正式に家斉が朝廷の宣下を受けて将軍位に就くのは、およそひと月半後のことだ。

職人たちが心配するように、阿蘭陀人商館長の御目見の相手の将軍は不在ともいえた。

「蘭人は家の中でも被り物を頭にのっけるのですかねえ」

「長崎屋の天井につっかえていますよ」

二階の窓にちらりと阿蘭陀人の影が見え、今度はお店の奉公人たちが指を差して言い合った。

長崎で交易を許された阿蘭陀人商館長の参府が最初に行われたのは、慶長十四年（一六〇九）といわれる。彼らは毎年二月の内に江戸入りし、長崎屋源右衛門方に投宿した。そして、

「三月十五日、蘭人御目見えなり。其儀を聞くに、上様、大広間上段の間の中央に、高麗縁の畳二枚ある上に、御袴ばかりにて御立ちになり、蘭人、大広間板縁に平伏す。日本人の礼の如くする……」

という面会が毎年行われたのだ。

幹次郎は不意に忘れていた空腹を思い出した。

（どこぞでなにかを食そうか）

幹次郎は長崎屋の前から東に下り、牢屋敷のある小伝馬町を抜けて公事宿や旅人宿が集まる馬喰町に向かった。

入堀を渡ったところで、

「一膳めし酒肴」

と風に吹かれる幟を見つけ、縄暖簾を手で分けた。

昼時分は過ぎていたが、在所から公事のために江戸に出てきた風体の男たちが酒を呑んでいた。その満足そうな笑顔を見ると下った沙汰は吉と出たのだろう。

「お侍、なんに致しましょうか」

小僧が注文を取りに来た。

幹次郎は壁に掛けられた品書きに目をやった。

「太刀魚の焼き物に味噌汁をくれ、それと丼飯だ」

「承知しました」

太刀魚はすでに焼いてあったとみえ、直ぐに膳が運ばれてきた。

幹次郎は夢中で食べると、ふうっと満足の吐息を漏らした。

「お侍、よほど腹が減っていたようですねえ」

独酌していた男が幹次郎の食べっぷりに驚いたか、声をかけてきた。

「ちと無作法であったかな。道場で汗をかいたら腹が減った。その上、野次馬根性で長崎屋に蘭人を見に参った。昼餉の刻限を逃したこともあって、つい夢中で箸を動かしてしもうた」

幹次郎は恥ずかしそうに言い訳し、小僧が運んできた渋茶の茶碗を手にした。

「なにが無作法なものですか、見ていて気持ちがいいや」

と四十前後と思える男が言った。苦味走った風体と貌には曖昧な翳りがあった。

お店の奉公人でもなく職人でもない。

身を持ち崩した遊び人とも思えたが野卑に堕する手前で踏み止まり、どことなく育ちのよさを思わせた。一膳飯屋の雰囲気と男は生き方が違うようにも思えた。だが、そこが定席のようにしっくりと座って酒を呑んでいた。

「この節、剣術の稽古をなさる侍とは珍しいぜ。道場はどちらです」

「下谷山崎町の津島傳兵衛様のもとに押しかけ稽古に通っておる」

「香取神道流か。旦那、なかなかの腕前のようだねえ」

男は幹次郎の腕を探るような目で見た。

剣術にも詳しいようだ。

「おや、ついつまらねえ詮索をしてしまった。わっしは身代わりの左吉ってけちな野郎さ」

「身代わりとはまた変わった異名ですね、なんぞ謂れがあるのかな」

と幹次郎は思わず訊いていた。

「身代わりですかえ、あまり他人に自慢するふたつ名じゃねえや。他人に頼まれて、なんでも身代わりに立つのがわっしの仕事だ」

幹次郎は世の中には変わった仕事があるものだと興味を持った。だが、今ひとつ感じが摑めなかった。

そんな幹次郎の訝しい表情を見たか、

「お侍の名はなんと言われるので」

と訊いた。

「それがし、神守幹次郎と申す浪人にござる」

「国許は西国ですかえ」

「いかにも豊後の生まれです」

頷いた左吉が、

「ここに大店の旦那がなんぞ定法に差し障ることを犯し、奉行所に目をつけられたと思いなせえ。まあ、他人を殺めた、金子を盗んだ類ではねえや、商いの上でのいざこざでお上の厄介になるような話だ。旦那がいなけりゃあ、その店は立ちいかなくなる、となると家族も大勢の奉公人も路頭に迷うことになる。いくら定法を犯したとはいえ、お店が潰れちゃあ、なんのためのお上の沙汰か、分からねえや。そうだろう、神守様」

幹次郎は曖昧に頷いた。

「そこでわっしの出番だ。そのお店の蔵に三千両の金子があったとしましょうか。商いにもよりましょうが千両の金子でなんとかやっていけましょう。そこで二千両を使い、公儀のあちらこちらに口封じをする。その上でわっしがそれなりの月日、牢にしゃがんでいるってわけさ、ゆえに身代わりがわっしの本業なんで」

「さような職が江戸にあるとは、驚き入った次第じゃな」

幹次郎はそう答えるしかなかった。

「もっとも、身代わりだけではなくて、神守の旦那には言えない務めもございます。武と商に関わる住人が何十万人も住む江戸というところはね、光と陰が微妙に重なり合って動いておりましてね、訝しくも常人には夢想もできない闇御用の注文もあれこれとございますよ。そんなわけで、わっしへ妙な仕事もそこそこに舞い込みます。どうやら一途な神守幹次郎様の生き方とは無縁のようですな」

幹次郎は唖然とした顔で左吉を見た。

左吉が凝った革細工の煙草入れから吸い口と雁首が銀細工の煙管を抜き、器用に煙草を詰めた。

「小僧さん、煙草盆を貸してくんねえな」

小僧から種火の入った煙草盆をもらうと火を点けた。一服美味そうに吸った左吉の口から紫煙が上がった。

「神守様は浪々の身と仰ったが、どうして食っておられますな」

幹次郎は左吉のあっけらかんとした問いに釣られるように答えていた。

「それがし、吉原に世話になっております」

「吉原ですって」

左吉の目が好奇に光った。そして、幹次郎の微妙に変わった表情を読んだ左吉が苦笑いを浮かべると、

「どうもいけねえや、つい商えが頭を離れねえ、助べえ心を出しちまった」

と自嘲した。

「それがし、妻仇討の汚名を帯びて諸国を逃げ回り、食い詰めた果てに吉原の四郎兵衛会所に救われたのです。そこで諸々雑多な仕事をいただいております」

とだけ幹次郎は答えた。

「妻仇討とはまた粋な境遇に落ちられたものだ。お待ちくだせえよ」

と煙管を片手にしばし思案した左吉が口を開いた。

「噂には聞いておりましたがおまえ様でしたかえ」

「噂ですと」

「吉原会所に凄腕の裏同心が雇われたって風聞でさ。面番所の同心なんぞどうにも手が出せねえって聞きましたぜ」

と左吉が幹次郎を改めて見た。

「噂はときに大袈裟に騒ぎ立てまする。凄腕でもなければ、裏同心などとご大層なものでもござらぬ、雑用にござる」

幹次郎は潮時と腰を上げた。

「左吉どの、縁があったら、どこぞでまたお目にかかろう」

「そのときは酒でも酌み交わしましょうかえ」

「はい」

と幹次郎は返事をすると縄暖簾を肩で分けた。

浅草田町の長屋に戻ると、木戸口で長屋の住人のおかよに会った。

「吉原から使いがあったよ。戻られたら会所に来てくれとさ。仕事だねえ」

おかよの亭主梅五郎は五十間道の引手茶屋の男衆だ。子供の元八は長屋で汀女が開く手習い塾の生徒でもあった。

「姉様はまだ吉原かな」

「のようだねえ」

「ならば、この足で大門を潜ろう」

幹次郎は木戸口で踵を返して、日本堤に出た。

俗にいう土手八丁を昼見世に駆けつける駕籠が飛ぶように走っていった。山谷堀の水も温み、岸辺の柳の若葉に日差しが当たって、長閑に揺れていた。釣り糸を垂れる老人の姿もあった。

おかよが仕事と分かったのは幹次郎の職を承知しているからだ。

江戸幕府公認の遊里吉原は東西京間百八十間、南北京間百三十五間、総坪数二万七百六十七坪、鉄漿溝と板塀に囲まれた異界だ。

遊里は町奉行所支配下にあって、大門を入った左手の面番所には隠密廻りの同心、その手下の御用聞きらが昼夜交替で詰めていた。

だが、吉原内の実際の自治と警固は面番所と対面するようにある吉原会所、別名四郎兵衛会所が行っていた。

幹次郎は左吉が言い当てたようにこの会所に雇われ、陰に裏同心と呼ばれる用心棒であった。また姉様女房の汀女は、遊女たちに文芸百般を教えながら、女たちがふと漏らす言葉の端々からその心模様を探り、未然に事故や事件を防ぐ耳目、密偵の役を負っていた。

遠い昔、ふたりは豊後岡藩の下士が住む長屋で生まれ育ち、幹次郎は姉様の汀女に憧憬の念を、いや、恋心を抱いて生きてきた。

父の跡を継いで十三石の馬廻り役になり、貧しいながらも平穏な暮らしを続けてきたが、幹次郎の希望を砕く出来事が発生した。
汀女の父親が病にかかり、医師の治療代を捻出するために高利貸しをする岡藩の家臣藤村壮五郎に金子を借りた。だが、返済する当てもなく、汀女は身売りでもするようにその男のもとへ嫁に行かされた。

数年後、幹次郎は汀女を強引にも連れ出して豊後岡藩を脱藩すると駆け落ちしたのだ。

藤村は藩に妻仇討の届けを提出した。

ふたりは藤村とその親族らに追いかけられながらも、山陰から北国へと逃げ回る日々を何年も続けてきた。

一夜とて安息の宿りのない暮らしだった。

そんなふたりに転機が訪れた。
決着をつけてくれたのは吉原会所の四郎兵衛だった。

幹次郎と汀女は長い流浪の日々からようやく脱し、穏やかな暮らしを得た。吉原会所の裏同心と手習いの師匠として、ひっそりと生きる暮らしであった。

日本堤から衣紋坂へ曲がると、遊女の品定めや遊びのイロハを書いた吉原細見を売る店に勤番侍たちが群がっていた。

参勤下番で国許に戻る侍たちが朋輩に江戸土産を買う姿だった。

吉原の遊女衆とねんごろになれる勤番侍は大身に限られていた。その昔の幹次郎と似た境遇の下士らは、大門を潜って格子窓越しに張見世の遊女衆の艶やかさを溜息とともに見物し、帰りに吉原細見を土産に求める、それが身丈にあった吉原体験だ。

そんな光景を横目に幹次郎はゆっくりと五十間道を進んだ。

狩場に通う将軍の目に大門が留まらぬように、とも言われているが、衣紋坂から五十間道はゆるやかに蛇行していた。

大門前で廓内から太神楽の調べが聴こえてきた。

初午の終わったころから吉原に太神楽が姿を見せる。

鉦、横笛、太鼓が囃し方で、もうひとりの男がいくつもの鞠や棒を虚空に投げるのを器用に繰り返す芸などを披露しながら、張見世格子の中の遊女衆の機嫌を取り、なにがしかのお鳥目をいただく商いだ。

大門を潜ったとき、背筋をぴーんと伸ばした汀女が山口巴屋から姿を見せた。

胸前には風呂敷で包まれた読本や遊女衆が書いた文の束を片手で抱えて、別の手には縄で括られた藁づとを提げていた。

汀女は手習い塾でお題を出しては遊女に文を書かせ、それらを長屋に持ち戻り、文章や字に朱を入れて手直しするのだ。

山口巴屋は七軒茶屋の筆頭として知られ、江戸町一、二丁目、京町一、二丁目、角町、揚屋町、伏見町で構成される五丁町の、吉原の背筋ともいえる仲之町に店を構えていた。

吉原会所を束ねる七代目四郎兵衛は山口巴屋の主だが、実際の切り盛りは娘の玉藻がなしていた。

四郎兵衛は神守夫婦の気心を知ると、ふたりに山口巴屋への出入りを許した。汀女は吉原に来る度に帰りに山口巴屋に立ち寄り、玉藻と世間話をするのを楽しみにしていた。

「姉様」

と呼びかける幹次郎に汀女が反射的に、

「幹どの」

と応じた。

その顔が暗く沈んでいた。

「姉様、加減でも悪いか」

「いえ、加減など悪くはございません」

「ならばよいが、姉様の顔がいつもより沈んで見えた」

汀女はそれには答えず、

「玉藻様から山芋をいただきました」

と片手に提げた縄で括った藁づとを見せた。

「幹どのが好きなとろろ汁にしますでな、楽しみにお戻りなされ」

「そうしよう」

汀女が大門口で睨みを利かせる面番所同心や会所の若い衆に腰を屈めて挨拶すると五十間道へと出ていった。

吉原の大門を城の大手門に準える人もいた。

ただし、この大門は実際の御城の大手門以上に女の出入りに厳しいところだった。無論、遊女衆の逃亡を見張るためだ。

汀女の出入りは吉原の名物になり、

「花魁の妍もいいが、手習いの女師匠の凜とした女ぶりも悪くねえな」

などと遊客たちが噂した。

「神守様」

そんな汀女の背を見送っていると声がかかった。

二

振り向くと吉原会所の長半纏を粋に着こなした、小頭の長吉が立っていた。

「汀女先生は亭主が見とれるほど容子がようございますね」

「長吉どの、冗談はよしてくだされ。姉様が暗い顔をしておられた、どうやらこのことと会所のお呼び出しは関わりがありそうだと見送っていたところです」

長吉はただ頷いた。

「参ろうか」

長吉は会所の表から入った。

幹次郎は会所と山口巴屋の前を過ぎて江戸町一丁目へと曲がり込んだ。

その先の和泉楼と讃岐楼の間に人ひとりがようやく抜けられる路地が口を開け、いつも婆様が腰掛けに腰を下ろして煙草をふかしていた。

婆様は素見の客が路地の奥へ入り込まないように見張っているのだ。

「おや、神守の旦那」

「堅固のようじゃな」

「体だけは丈夫ですよ」

吉原裏同心の幹次郎が会所へと通るために潜るのがこの婆様が見張る「関所」だった。

それは吉原会所と向き合う面番所への遠慮から幹次郎が自ら律してきた習慣だ。

路地の奥へと進み、幾筋か曲がりくねると吉原会所の裏口に出た。

吉原は大門から水道尻まで南北に百三十五間を貫く仲之町を背骨に東西に五丁町が左右に延びている。そこでは花の太夫が花魁道中を行い、遊客たちが高揚した気持ちを抑えて張見世を覗きながらそぞろ歩いた。

だが、それだけが吉原の通りではなかった。

表通りの裏手にこそ、吉原の住人が使う暮らしの道（路地）が網の目のように張り巡らされているのだ。

会所ではその路地を、

「蜘蛛道」

と呼んだ。

幹次郎はようやく吉原の裏路地の蜘蛛道の按配を理解して、遊里の住人のひとりとして認められたところだ。

会所の裏戸から身を滑り込ませた。

「お待ちしておりました。ささっ、七代目がお待ちです」

と番方の仙右衛門が待ち受けていた。

幹次郎は先祖が敵の騎馬武者を倒した記念に戦場から奪ってきた刃渡り二尺七寸（約八十二センチ）、無銘の長剣を腰から外すと仙右衛門に案内されるように会所の奥座敷へと進んだ。

会所の中にぴーんと張り詰めた空気が漂っていた。

「神守様、よう見えられた」

七代目の四郎兵衛が思案顔を崩して言いかけた。

「お呼び出しに遅れまして申し訳ございませぬ」

幹次郎は四郎兵衛の前に座ると頭を下げて詫びた。

「下谷山崎町の津島道場に若い衆を走らせましたがな、神守様はひと足先に出られたところでした」

「それは存じませんでした。日和に誘われ、本石町の長崎屋に蘭人の商館長一行を見物に行っておりました」

「長崎屋にはただ今阿蘭陀人一行が逗留(とうりゅう)しておりましたか」

と首肯(しゅこう)した四郎兵衛が、

「ちと新たな厄介が生じました」

と御用の向きに話を進めた。

「先ほどまで汀女先生もこちらにおられました」

幹次郎はやはり汀女がなにか事件に関わっていたかと、その暗い顔を思い出していた。

「本日は三浦屋で汀女先生の手習い塾が開かれましたな。相変わらずの人気で薄墨(うすずみ)太夫を始め、遊女たちが何十人も汀女先生の文芸百般の教えを受けたそうにございます」

「手習い塾でなにごとか発生しましたか」

「いえ」

と四郎兵衛は首を振った。

「汀女先生の手習い塾に通う遊女は今や百人を大きく超えているそうですな。だが、毎回、熱心に顔を出すのはせいぜい三十人ほどです。その中に角町の大籬(大見世)松葉屋の昼三、逢染がおります。ですが、本日の塾を休んだ……」

昼三とは遊女の階級の別称のひとつだ。

江戸も中期になり、吉原に諸々の客が出入りするようになって、中級遊女の呼び名が細分化されていった。

上位から呼出し、昼三、付廻し、座敷持ち、部屋持ち、その下には切見世(局見世)女郎というようにだ。

昼三は昼見世だけで揚げ代三分を取ったからこう呼ばれた。

「汀女先生はそのことを気になされて、手習い塾の帰りに松葉屋にお寄りになり、逢染に会おうとなされた。すると見世の男衆が逢染さんは手習い塾に行っておりますと答えたそうな。それが切っ掛けで騒ぎが始まりましたので」

説明役が番方の仙右衛門に代わった。

「松葉屋では塾に行ったと言い、汀女先生は休んだゆえ様子を見に来たと言う。そこで大慌てとなった松葉屋では男衆をまず大門に走らせ、出入りを確かめ、廓内の心当たりに人をやって調べました。だが、どこにもいない。汀女先生が会所に見えて騒ぎを告げられましたので、私どもが知ることになったのです」

仙右衛門らはまず松葉屋を訪ねると逢染のその日の足取りを訊いた。

吉原の遊女の一日は大籬と切見世では異なる。

大籬の松葉屋の遊女たちは普通、昼四つ（午前十時）から四つ半（午前十一時）に起床する。その後、朝餉を取り、朝風呂に入って昼見世の仕度にかかる。

汀女の手習い塾のある日、逢染は一刻（二時間）前の朝五つ（午前八時）ごろに起床して、洗面を済ませ、予習を終えて、松葉屋を独り出るという。

仙右衛門が松葉屋の番頭の参蔵に、

「逢染が見世を出たのはたしかなんだね」

と確かめると参蔵が、

「大階段を下りるところを遣手がちらりと見てましたよ。まだ表戸は閉じられてましたから、潜りから出たと思うのですがねえ」

と曖昧なものであった。

「いえ、番方、逢染はたしかに手習い塾に行きましたよ」

仙右衛門の表情を読んだように参蔵が言い切った。

「どうしてそう確言なさるな、参蔵さん」

「なにしろ逢染ときたら、汀女先生の塾に出るのを楽しみにしている変わり者の遊女でねえ、その熱心さったらありゃしません。ちっとやそっとの熱なんぞ気にしないで出かけていきますのさ。それにうちの旦那も文は上手になる、字は惚れ惚れするようにうまくなると褒めておいででした。ほんとうに逢染に文をもらった客は十中八九、いそいそと見世に顔を出しますからな、うちでは汀女先生様々でした。そんなわけで逢染が手習い塾を休むわけはないんで」

仙右衛門は参蔵が説明すればするほどどことなく釈然としないものを感じた。

「参蔵さん、すまないが見世を調べてくれまいか」

「番方、今は昼見世の最中、騒ぎを起こしたくないけどね」

「事情は分からないわけじゃあないが、松葉屋にとっても売れっ子の昼三の行方知れずだ。ちったあ真剣になったほうが、お見世のためと思うがねえ」

仙右衛門が言ったとき、女の悲鳴が二階から起こった。

仙右衛門と長吉らは草履を脱ぎ捨てると大階段を駆け上がった。

番頭も慌てて従った。

二階の下り口には遣手が睨みを利かしていたが、その遣手が廊下をうろうろしながら、

「布団部屋だよ」

と走り上がってきた仙右衛門らに言った。

「だれだ、叫んだのは」

「お針の梅女さんの声だったよ」

頷き返した仙右衛門らが廊下の突き当たりにある布団部屋に飛び込むと、梅女が腰を抜かしていた。

「どうしたえ」

仙右衛門の問いかけにお針が震える手で布団部屋の奥を差した。夜具が積まれた一角に長押で首を括った女がぶら下がっていた。

「逢染か」

梅女ががくがくと頷いた。

「なんてこった」

と吐き捨てた仙右衛門は、

「長吉、灯りを持ってこい。梅女、歩けるか、裁縫部屋に帰っていねえ」

と矢継ぎ早に命じた。

梅女が這いずるように布団部屋から廊下に出ると、そこへ番頭の参蔵が呆然と立っていた。

「番頭さん、曰くがありそうだな。聞かしてもらうよ」

仙右衛門の言葉に参蔵が頷くと、

「まず旦那と女将さんに申し上げなければなりませんよ、番方」

と許しを請い、ふらふらと階下へ姿を消した。

長吉が行灯の灯りを運んできた。

「金次、廊下に人を近づけるんじゃねえ」

仙右衛門と長吉は布団部屋を締め切ると灯りで照らした。

ぼおっ
と抜けるように白い逢染の顔が浮かんだ。

手習い塾に行くためか、素人娘のような地味な恰好の逢染だが、十分にその美貌は見てとれた。

扱き紐二本で自分の太腿と足首を縛り、長押にかけた別の扱きで首を括っていた。足台代わりに手炙りを使ったと見えて、逢染のだらりとした足の下に転がっていた。

「長吉、下ろそう」

仙右衛門と長吉は首に掛かった扱き紐を切り、冷たくなりかけた亡骸を布団部屋の床に下ろした。

仙右衛門はそのとき、部屋の隅に風呂敷包みを見た。

汀女の手習い塾のための道具が入っているのだろう。

「長吉、そいつは預かっていく」

と命じた仙右衛門は昼三女郎の座敷を調べるために布団部屋を出た。すると廊下に松葉屋の旦那の丹右衛門と女将のお八重が青い顔で控えていた。

「逢染に間違いございませんか、番方」

訊いたのはお八重だ。

「逢染だ」

「おまえさん、悔しいよ。あんな話に乗らなけりゃあ、こんなことは起こらなかったよ」

お八重が叫ぶと泣き出した。

その異様な反応を胸に刻みながら仙右衛門は、

「旦那、女将さん、逢染の部屋を調べたい。立ち会ってくれますかえ」

と頼んだ。

「神守様、逢染が自らの考えで首を括ったのは間違いございません」

と仙右衛門が言った。

「逢染さんはいくつでしたか」

「二十歳になったばかりだ。遊女としては働き盛り、客筋も悪くない。花を咲かせるのはこれからでした」

「首を括る謂れがございましたので」

四郎兵衛と仙右衛門が同時に頷いた。

「主どのか女将さんに叱られなすったか」

「いえ、それが違うので」

と仙右衛門が答え、四郎兵衛が顔を歪めた。

「ちと尾籠な話でねえ、客と寝ている間に逢染が粗相をしたというのです」

「粗相を」

思いがけない答えに幹次郎は思わず問い直していた。

「神守様、寝小便の癖がある女郎がいないわけではございません。ですが、まず滅多にあるものじゃない。それも昼三格の遊女が客と寝ている間に漏らすなんぞはこの四郎兵衛も聞いたことがない」

四郎兵衛が腹立たしそうに言った。

「逢染は松葉屋に買われてきて、七年目です。主の丹右衛門も女将のお八重もこれまで一度だって寝小便をしたことなどないと明言しました」

「おかしな話ですね」

と相槌を打った幹次郎は、

「客は馴染でしたか」

と訊いた。

「へえっ、半年前から、十日から半月に一度の割で登楼するようになった元老中田沼家家臣、御槍奉行笹目英之輔と申されるお方です。禄高は三百七十石、歳は二十七歳にございます」

仙右衛門がすらすらと答えた。

「田沼様のご家来ですか」

「朋輩に訊いても逢染は笹目のことを憎からず思っていた様子で、それだけに寝小便をしたと知らされて仰天したようです」

幹次郎は状況が呑み込めず問いを転じた。

「その騒ぎがあったのはいつのことですか」

「昨日の昼見世の折りです」

「昼見世に上がった客と遊女に小便を漏らすほど寝込む余裕があるものですか」

「そこがおかしい」

と四郎兵衛が応じた。

「昼見世の刻限はせいぜい一刻足らず、懇ろの客だとしてもまず眠り込む暇はございますまい」

昼見世に上がる客は遊女との欲望を満たすことで精一杯だ。売れっ子の昼三ともなれば限られた刻限に相客を待たせていることもあった。

「この日、笹目英之輔が松葉屋に上がることは前々から見世も逢染も承知でした。それだけに相客は断り、笹目は帳場に心づけを過分に支払ったそうです」

ふたたび話し手は仙右衛門に代わっていた。

「笹目と逢染は少々の昼酒を呑み、情けを交わした。その後、ふたりがうつらうつらしたのはたしかのようなんで」

「だれが最初に気づいたのですか」

「笹目英之輔が遣手の部屋に来て、この楼では寝小便女郎に相手させるのかとねじ込んだのが発端です」

「そのとき、逢染さんはどうしておられたのです」

「遣手が部屋に走ると逢染が眠り込んでいた。遣手は夜具に手を入れて逢染の長襦袢の下腹部と夜具が濡れているのを確かめた。酒臭い小便の臭いもしたそうです」

この出来事は即刻帳場に知らされ、主の丹右衛門と女将のお八重が平謝りに笹目に詫びた。そして、

「笹目様、このような話が廓内に広まりますと逢染も遊女を続けるわけには参りませぬ。松葉屋の評判にも傷がつき、商いにも差し支えます。どうか、ご内聞(ないぶん)にお願い申します」

と願った。

「松葉屋、武士が女郎如きに小便を引っかけられ、ああ、そうかで済むものか。それがしのこれからのご奉公にも差し支える話だぞ」

「仰ることはご尤(もっと)もにございます」

「逢染を叩き斬り、身どもも切腹致す。それがしの佩刀(はいとう)を持て」

両目を血走らせた笹目が形相(ぎょうそう)険(けわ)しく凄んだ。

「笹目様、それだけはご勘弁願います」

と必死で思い留まらせた丹右衛門は、お八重に目で合図すると帳場から百両を持参させた。そして、夫婦は笹目の前に平伏しながら、

「なんとかこれでご気分をお変えください」

と差し出した。

「松葉屋、金子で武士の体面を買おうと申すか。おのれ、そなたらも成敗してくれん」

立ち上がる笹目にお八重が懐に隠してあった五十両を加え、袱紗に包んだ。笹目がちらりと袱紗の切餅の数に目をやったのを丹右衛門は見た。その瞬間、

（これは騙りだ）

と思ったという。だが、相手は先の老中田沼意次の家臣だった。

「笹目様、人ひとりを助けると思し召しになり、こたびのことはご勘弁くだされ」

と主夫婦は畳に額を擦りつけ続けた。

「受け取りましたか」

「受け取りましたとも」

と幹次郎の問いに憤怒を隠した四郎兵衛が頷いた。

「逢染はわちきは寝小便などした覚えはござんせんと泣いて訴えた由にございますが、眠り込んだが遊女の不覚、どうやら、酒に眠り薬でも仕込まれていたのでしょう。それは松葉屋もなんとなく推測がついた。だが、これを表沙汰にして騒ぐわけにはいきませぬ。なにしろ吉原は官許の遊里、張りと粋と見栄で生きている里にございます」

　幹次郎がどうやら逢染の自死の背景をおぼろに理解した。

「逢染さんはなんぞ書き残して首を括られましたか」

　四郎兵衛が大きく頷き、仙右衛門が幹次郎の前に水茎の跡も美しい紙片を差し出した。

　一枚の奉書紙にはただ一行あった。

三

「水温む　春など知らで　旅に立つ」

　逢染の無念がその一行に込められていた。

　それ「どうなさいますな」

　幹次郎は遺書を返しながらふたりに訊いた。

「田沼様が老中を解任された直後から笹目の吉原通いは始まっております。それもちと異なことです。こやつが百五十両稼いだには、なんぞ裏がありそうな気がしましてな。長吉らを神守様につけます、明日から笹目の身辺を探索してくれませぬか」

「承知しました」

　と答えた幹次郎は続けて訊いた。

「他の楼にこの者が上がる心配はございませぬか」

「笹目が大胆にも大門を潜るなればそれはそれでよし、逢染の二の舞いにだけはだれにもならせませせぬ。だが、恐らくは当分この遊里には近づきますまい」

　と四郎兵衛が言い切った。

　幹次郎は吉原会所の奥座敷を辞去した。裏路地を抜けて江戸町一丁目に出て、しばし迷った。

（松葉屋を訪ねるか）

　と考えたからだ。

「婆様、その菅笠、借りてよいか」

路地の塀に吊るされた菅笠に目を留めた幹次郎が言った。

「客が忘れていった菅笠だ、お持ちなさいよ」

「借り受ける」

幹次郎は菅笠を目深に被った。

松葉屋を訪ねるとは七代目と番方には断っていない。だが、事件の探索は幹次郎に任されたのだ。

面体を半分隠した幹次郎は、江戸町一丁目から仲之町へと出た。

夕暮れの六つ半（午後七時）を過ぎた刻限、茶屋の軒先に連なり下げられた提灯に灯が入り、引手茶屋へ馴染の上客を迎えに行く花魁道中を華やかに浮び上がらせていた。

幹次郎はつくづく吉原とは見栄と張りと粋を立てる遊里だと思った。そんな世界だけに謂れなき疑いをかけられたまま首を括った逢染が哀れに思えた。

ちゃりーん
と鉄棒が鳴り響き、七軒茶屋の上総屋の店先に視線をやった。

そこには吉原で全盛を謳われる薄墨太夫と一行が仲之町張りする姿があった。

仲之町張りとは、道中を終えた花魁が引手茶屋の前で客を待つ、見世を張ることをいった。

まだ来なんせんかと縁へ腰をかけ

煙草を吸い付ける花魁が嫣然と幹次郎を手招きした。

幹次郎は薄墨の大胆さに驚き、困惑の体でその場に立っていた。

「ぬし様、こちらへ」

薄墨がさらに誘いをかけた。

「太夫、客待ちの身、御馴染様にもお茶屋様にも迷惑でございましょう」

「なんの心配がござりんしょうか。わちきの客はまいないつぶれの家来どのとは違い、話が分かる御仁にありんす」

と薄墨が応じた。

死んだ逢染と薄墨は汀女の手習い塾で同門の弟子だということを幹次郎は思い出した。

幹次郎は薄墨太夫の傍らの地面に片膝をついた。

華の吉原では客以外の男衆は、花魁を守り立てるのが役目だ。まして幹次郎は会所の用心棒だ、太夫に礼儀を立てるのは当然のことだった。

幹次郎の目の前に折鶴模様を染め出した打掛の膝があった。

幹次郎は視線を外して、

「太夫、御用にございますか」

と訊いた。

「幹次郎様、逢染様のことをお調べか」

薄墨の顔が幹次郎の菅笠の傍らへと下がり、伽羅と化粧と鬢つけ油の混じった匂いが幹次郎の鼻腔をくすぐった。

「七代目から指図を受けたところにござる」

「妓楼華扇の付廻しが去年の神無月に自ら命を絶ちました、お調べなされ」

すいっ
と薄墨の顔がそよ風が吹き通ったように離れた。

「承知しました」

立ち上がった幹次郎は好奇にざわめく客の視線を避けて仲之町から角町へと入り込んだ。

遊女には会所も妓楼の主も知らぬ連絡綱(つなぎ)があるようだ。

松葉屋は見世を開けていた。だが、張見世の女郎衆の顔に憂(うれ)いがあるように思えた。

幹次郎は仕出(しだ)し屋など出入りの商人が使う勝手口から松葉屋に入った。

男衆が、

「お侍、入り口が違いますぜ」

と言いかけ、幹次郎が菅笠を脱ぐと、

「おや、会所の浪人さんかえ」

「商いの最中、邪魔とは思うが遣手にお目にかかりたい。旦那どのにお許しをもらえぬか」

名も知らぬ男衆が頷き、奥に行きかけ、くるりと振り向いた。

「旦那、逢染さんの仇(あだ)を討ってくんなせえ」

幹次郎の用向きをそうと察したようだ。また逢染が男衆にも好感を持たれていた証しであった。

「逢染様は姉様の弟子、謂れなき疑いで死ぬのは無念であったろう」

とだけ答えた。

男衆が奥へ姿を消し、長いこと待たされた。

不意に花色木綿の暖簾が分けられ、

「会所の浪人さん、番方の仙右衛門様に洗い湪い話したよ」

と遣手のおすえが顔を覗かせた。

「七代目と番方に会ってきた。じゃが、直に聞くのが一番とこうして参上した。邪魔は承知じゃが、少し付き合ってくれまいか」

「なにが知りたい」

おすえは狭い上がり框にぺたりと座った。

「逢染は笹目英之輔のことをどう思っておった」

「どう思っておったと申されてもどう思っておった」

「とは申せ、好き嫌いはござろう。俗に起請を交わす仲もあると聞く」

「旦那も吉原にどっぷり浸かったかねえ」

「なあに、耳から入った知恵だ」

「逢染さんはなにも言わなかったが、笹目の旦那が登楼するときは上気していたよ」

「笹目はどうだ」

「惚れたからこそ通って来たんだろうよ」

「惚れた女が粗相をしたとしよう、密かに隠してやるのが情けというものではないか。笹目はなぜ騒ぎ立てた」

「最初からなんぞ企てなさっていたとしか考えられませんよ」

おすえは言い切った。

幹次郎は問いを変えた。

「そなたが逢染の寝小便を確かめたというが、たしかに尿であったか」

「酒臭い小便だったよ」

「それが逢染のしたものかどうか、どう判断なされたな」

遣手の油断のない目がぐるぐると動き、

「判断もなにも笹目の旦那はかんかんに怒ってなさるし、これを見よ、それがしの大事なところにも小便をかけられたと寝着を見せられ、なにがなんだか分からなかったよ」

と答えたおすえは、しかしはっきりと言った。

「でも、小便であったことはたしかだ」

「笹目の下帯はどうだ」

「濡れていたのは寝着でねえ、下帯は濡れてなかったよ。わざわざ見せたもの」

「その問答の折り、逢染はどうしておった」

「なにが起こったか分からぬ様子でぽかんとした顔をしていたよ。そのうち事情を察して、わちきは寝小便など致しませぬときっぱりと答えただけで、あとは無言を通しましたっけ。騒ぎが鎮まり、笹目の旦那が引き上げなされて、旦那と女将さんがそのことを確かめたが、逢染さんは一切言い訳をしなかったねえ」

「そなた、逢染が寝小便をしたと考えるか」

「旦那、遊女はねえ、締まりが肝心さ。だれが酒に酔って寝入ったからといって寝小便などするものか」

「となると、笹目某は逢染の下腹部を濡らす小便を用意してなければならぬ」

しばしおすえから答えは返ってこなかった。そして、なにかを思い出すように考えていたが重い口を開いた。

「旦那、つい最前のことだ。逢染さんの座敷を片づけていてねえ、気づいたのさ。床の間に置かれた空の花瓶から酒の匂いがするじゃないか。そのときは客が悪さをして酒を流し入れたかと考えていたがさ、ひょっとしたら笹目の奴、花瓶に小便をして、そいつを逢染さんの体にかけ、さらに自分の寝着をほどほどに濡らした。そして、空になった花瓶から小便の臭いがするのを消すために燗冷ましの酒を注いだのではないかねえ」

とおすえが言った。

幹次郎はしばし考えたあと、

「そなたに会ってよかった」

と答えると菅笠を被り直した。


華扇は揚屋町の西河岸に近い半籬（中見世）の見世だった。どこか胡散臭げな雰囲気が見世全体から漂っていた。

脇口から入った幹次郎を迎えたのは番頭の稲造だ。

「おまえ様はたしか会所の用心棒だったな、遊びならば入り口が違いますぜ」

「いえ、御用です」

「会所の用心棒に目をつけられる騒ぎはないよ」

番頭は疫病神が舞い込んだといわんばかりの態度を見せた。

「番頭どの、先の神無月、当楼の付廻しがひとり死んだと聞いたが」

稲造の顔色が変わった。

「そのようなこともありましたがな、付廻しの幾次が死んだのは流行り病ででしたよ。もはや亡骸は投込寺に眠っていまさあ」

「小耳に挟んだのだ。幾次どのは自死をなされたとな」

「そんな馬鹿なことがあるかえ、帰った帰った」

「番頭どの、もし事情があって幾次が自死したのであれば、幾次も浮かばれまい。真相を話してくれぬか、調べたことはそれがしひとりの胸に留める」

「流行り病と言いましたぜ、お帰りなせえ」

幹次郎が動く様子がないのを見た番頭が奥に向かってだれかを呼んだ。

番頭と幹次郎の問答を聞いていたか、ふたりの男が直ぐに姿を見せた。

ひとりは痩身の浪人でもうひとりは小太りの渡世人とみえた。

「うちも自衛でねえ、仕方なしに用心棒を住まわせていますのさ。会所の用心棒とはいえ、邪魔する者はだれかれなく叩き伏せますぜ」

と番頭が顎をしゃくった。

いきなり渡世人が肩を丸めるように幹次郎の懐にぶつかってきた。

懐から匕首が抜かれ、その切っ先が幹次郎の太腿に突き立てられようとした。

幹次郎が、

ふわり
と身を躱すと匕首を持った渡世人の首を左足で蹴り飛ばした。

あっ
匕首が天井に飛んで梁に突き立った。

「おのれ!」

浪人者が刀を抜くと体勢が崩れた幹次郎の胸を目がけて突っ込んできた。

幹次郎の手にしていた菅笠が浪人の顔に飛び、それが一瞬浪人の視界を塞いだ。

それでも浪人は斬り込んできたが、狙いが外れていた。

幹次郎が相手の腕を取ると、腰車に乗せて狭い土間に叩きつけた。

一瞬の早業だ。

そのとき、入り口に影が立った。

「番頭さん、おめえたちが用心棒まで雇って必死になる曰くが知りたい」

幹次郎が振り向くと番方の仙右衛門が立っていた。

「番方、ちと僭越だったかな」

「なんの、この調べは七代目が神守様にお預けなさったのだ、好きなようにしなせえ」

と答えた番方が、

「ちょいと神守様の姿を見かけてねえ」

とだけその場に姿を見せた曰くを言った。

「稲造さん、おまえさん方が付廻し幾次の死を流行り病と会所に届けたのはたしかだ。だが、他に真相があるなれば今ここで神守様に話しねえ、神守様は七代目の代理だぜ」

「そ、それは」

「ならば主と女将を会所に呼び出そうか。おまえさん方が真実を隠したばっかりにもうひとり若い遊女が首を括る羽目になったのだぜ」

仙右衛門に凄まれ、稲造の顔色が変わった。

「番方、こうなれば致し方ない、話しますよ。その代わり、うちの主を会所に呼び出すのだけは勘弁してくださいな」

「最初から全部神守様に申し上げていれば、私がでしゃばることもなかったよ。洗い浚い話しておくれ」

仙右衛門の語調が穏やかなものへと変わり、稲造が喋った。

それによれば、幾次が死んだ事情はほぼ逢染と同じだった。だが、相方は旗本小普請頭山由太郎とか。笹目ではなかった。

「お目こぼし料にいくら払いなすった」

仙右衛門が最後に訊いた。

「八十両でした」

「稲造さん、この話、表になることはねえ。だが、吉原会所をないがしろにして用心棒を勝手に雇いなさったと四郎兵衛様が知れば、さぞかんかんに怒りなさるだろうぜ」

「主を早速挨拶に参らせます」

と稲造がしゅんとして答えた。


「水温む　春なと知らで　旅に立つ、と書き残されておりましたか」

汀女が哀しげに答えた。

「若い身空の遊女が寝小便の疑いなど、どれほど無念にございましたでしょうな。それを水温む春の詞に託して打ち消された逢染様の心情が察せられます」

「どんな弟子であったな」

「五指には入りましょうな。感性の鋭い、それでいてたおやかな表現の持ち主でした。逢染様なれば、妓楼の主どのにも朋輩衆にも好かれましょう」

と答えた汀女は、

「遊女は客に惚れぬのが習わしと聞きましたが遊女も女です。好きな客と嫌いな客はございましょう、また密かに惚れ込む相手もございましょう。逢染様が書かれる文が、このところどことなく切なくも明るくなったような気がしておりました。好きな人ができたのではと漠と考えておりましたが、まさかこのようなことになるとは……」

籠の鳥の吉原の遊女は口説文だけで飄客を大門の内へと繰り返し誘い込んだ。

それだけに文の上手下手、字の綺麗下手は商いを大きく左右した。

汀女の手習い塾では毎回、お題を出しては文を書かせ、情の通う表現力の向上に努めさせた。

「どうやらその相手が笹目英之輔であったようだ」

「それだけに逢染様の哀れが察せられて涙が止まりませぬ」

と汀女は両目を手で押さえた。

「姉様、笹目と頭山にはどこかで関わりがあろう、明日からその繋がりを探す。なんとしても逢染と幾次の仇を討たねばならぬ」

汀女が頷き、

「夕餉(ゆうげ)が遅くなりましたな。今仕度しますで、しばらく酒など呑んでおられよ」

と台所に立った汀女が徳利(とっくり)と茶碗を運んできた。

「うちに酒があったか」

「正月の酒の残りにございます。冷やですみませぬが逢染様の通夜(つや)と思うてな」

「いただこう」

汀女が茶碗に七分目ほど酒を注いで台所に戻った。

幹次郎は顔も知らぬ逢染の無念の心情を思いながら茶碗酒に口をつけた。空腹のせいか、酔いが直ぐにやってきた。

やりきれなさと酔いが渾然(こんぜん)として下手な五七五が脳裏に浮かんだ。

「春ならば　生きて雪(すす)げよ　汚名花」

四

先の老中田沼意次は異例ともいえる出世を遂げていた。

父の意行は紀州藩士で、藩主徳川吉宗が八代将軍に就いたとき、和歌山から随行して江戸に出てきた。ゆえに意次は江戸で生まれた。

十六歳で吉宗の後継家重付きの小姓になり、父が亡くなったあと家督相続をして、小姓組番頭格、小姓組番頭、側衆を経て、一万石の無城の大名に昇進した。

さらに家重が身罷ると、十代将軍家治の側用人として登用されて、ついには遠江相良二万石の城主となった。さらに老中格、老中と出世を重ねて三万石に達していた。

意次の出世は幕閣の有力者と縁戚関係を結ぶことで加速され、天明五年（一七八五）にはついに五万七千石の堂々たる大名へと変身を遂げていた。

そして、五十余年で上りつめた栄達は一夜にして瓦解した。

家治の死の直後、意次の老中職解任とともに所領遠江相良藩五万七千石のうち二万石、江戸上屋敷、大坂蔵屋敷が没収された。さらに家治の死が公表されてひと月余りのち、三万七千石に減じられた所領からさらに二万七千石が没収され、大名として最低格の一万石に戻された上、謹慎・蟄居が命じられていた。

五つ（午後八時）過ぎ、雨がしとしとと木挽町界隈に降り注いでいた。

意次が蟄居する田沼家の下屋敷が暗く感じるのは雨のせいだけではあるまい。出世双六で上がりに上りつめた主は一気に坂道を転げ落ちていた。世間は水に落ちた犬を非情にも棒で叩き続けた。

幹次郎と長吉ら吉原会所の若い衆の面々が三十間堀に泊めた屋根船から田沼家の裏口を見張り出して三日が過ぎていた。

逢染を死に追いやった笹目英之輔はたしかに遠江相良藩家中にいた。だが、昨年の暮れに奉公を解かれ、近々屋敷から出る身であった。

職を解かれたのは笹目だけではない。相良藩の家臣団のうち半数以上が解職の通告を受けていた。

それはそうだろう、五万七千石から一気に一万石に降格されたのだ。

主の意次が全盛のころ、官を求める大名や大身旗本が賂を持参して門前市をなし、用人たちが忙しげに応対していた。

その光景が一夜にして消えた。

田沼家に大勢の家臣団を抱える余裕はなかった。

浪々の身になった笹目英之輔には纏まった金子が要ったのだ。だが、それを得る手段が卑劣極まり、姑息に過ぎた。

武士にあるまじき行為ともいえた。

そぼ降る雨音に足音が混じった。

屋根船の障子が開いて長吉が体を滑り込ませてきた。

「笹目が出てくる気配はございませんや」

解職を通告された身でありながら二日に一度は屋敷を抜け出して紅灯の巷で酒色に耽るという。

独り身の気楽さだろう。

また、その後判明したのだが、笹目英之輔と、華扇の幾次に寝小便女郎の恥をかかせて死に追いやった頭山由太郎には接点があった。

ふたりは博奕仲間で、最近では、

「いばり組」

と称する徒党を組織してその頭分に就いているとか。

無論いばりは、威張りと尿を引っかけての命名だろう。

これを聞いた吉原会所の七代目四郎兵衛は笹目が屋敷を出たところを始末せよとの厳命を発していた。逢染の仇を討ってくれと抱え楼であった松葉屋から強い要請を受けてのことだ。

吉原にとって遊女はなにものにも替えがたい宝だった。

十いくつのときから大枚を出して買い取り、後生大事に育ててきた逢染はこれから松葉屋の米櫃を潤す稼ぎ頭に出世する道が約束されていた。

花の盛りの逢染の無念の死は、妓楼にとっても手痛い損失だった。

「この雨だ、今日も無駄待ちかな」

幹次郎が呟いた。

「なんともいえませんがここが辛抱のしどころだ」

と長吉が言ったとき、傘に雨が当たる音が響いた。

長吉が薄めに障子を開いて、

「番方がお出でになった」

と言った。

仙右衛門が五体に雨の雫と冷えを纏わせて屋根船に入ってきた。

「動きませんかえ」

「冬場、池の底に休む鯉のようですぜ、尻尾も動かさない。笹目が外出の様子を見せれば知らせが届くはずですがねえ」

と長吉が仙右衛門に告げた。

長吉らは田沼家の古手の中間頭加助に目星をつけ金で籠絡して、笹目英之輔の動きを見張らせていた。

「加助が寝返ったということはあるまいな」

「約束の金子は前金だけです、加助にとって間もなく屋敷を出ていく笹目より黄金色のほうが大事なはずです」

頷いた仙右衛門が、

「笹目英之輔は居合の達人といったな」

「へえ」

「調べた」

と仙右衛門が言い、幹次郎に顔を向けた。

「笹目は増上寺裏手永井町に道場を構える林崎夢想流道場の免許皆伝でしたよ。門弟に話を聞くと、笹目の腕は師匠種埼右源太様の技量を抜いておるやもしれぬと申しておりました。さらに種埼が他の門弟に漏らしたそうです、英之輔は近ごろ人を斬ったことがあるかもしれぬと。それで居合の術に凄みが出たと話したそうです」

「せいぜい気をつけます」

幹次郎は答えた。

相手が強かろうと命が出た以上は全うする、それが汀女との暮らしを立てる道なのだ。

幹次郎が豊後岡藩七万三千石の馬廻り役十三石を投げ捨てる十年程前のことだ。玉来川の河原で会った薩摩の老武芸者から示現流の稽古の手解きを受けた。赤樫三尺三寸六分（約百二センチ）の太い木刀で河原に立て回した流木の間を走り回り、跳び回ってその頂を力一杯殴りつけるだけの稽古だ。剛直にして単純、だが、続けるには異様なまでの闘争心と狂気と体力を要した。何年も何年も奇声を発しつつ、駆け回り、跳び回り続けると打撃力だけではなく敏捷性、跳躍力も増して身についた。

さらに汀女と岡藩を逐電したのち、流浪の旅の途中に身を寄せた加賀百万石金沢城下外れに眼志流居合小早川彦内道場を見つけて、入門した。眼志流は加賀湯涌谷の人、戸田眼志斎が創始した居合術で加賀藩に伝承される秘剣だった。

幹次郎はこの田舎の道場で見様見真似の居合を学んだ。というのも彦内は十数人の弟子に技を教えるわけでもなく、銘々勝手に、

「横霞み」

とか、

「浪返し」

などと技の名を唱えながら剣を抜く稽古をしていた。

老いた彦内がときに形を見せることがあった。それをじっと見て、技の様態とこつを盗み取った。

幹次郎は名さえ知らぬ薩摩の老武芸者と小早川彦内の教えを独習しつつ、実戦でその遣い方とこつをわが身に叩き込んできたのだ。

それが汀女とのふたりの暮らしを守っていた。

屋根船の板屋根を叩く雨音が激しさを増したようだ。

ふいに足音がして、河岸を船着場に走りくる音がした。

長吉が障子を開き、

「金次ですぜ。番方、動くかねえ」

と言った。

菅笠からぼたぼたと雨の雫を垂らした金次が船着場に片膝をつき、

「知らせがございました、笹目がどうやら品川宿へ遊びに出るようです」

と告げた。

「よし、神守様、お願い申します」

「畏まりました」

幹次郎は船の中で菅笠を被り、しっかりと紐を顎にかけて結んだ。

刃渡り二尺七寸（約八十二センチ）の無銘の豪剣と赤樫の木刀を手にすると屋根船を出た。雨が菅笠を、肩を濡らした。

刀を腰に差し、木刀を手に提げた。

船着場から河岸に上がった。

番方の仙右衛門も検分するつもりか同行するようだ。傘を捨て、一文字笠を被っていた。

長吉らは菅笠も合羽も身につけていなかった。

幹次郎らが田沼家の下屋敷の裏口のある路地を曲がろうとすると灯りが浮かんだ。なんと三丁の駕籠が停まっていた。

「駕籠で行くなんて加助は言いませんでしたぜ。それも三丁とはどういうことだ」

金次が腹立たしげに吐き捨てた。

それには仙右衛門も長吉も答えない。

裏戸が開かれ、三人の武家が姿を見せた。

駕籠の棒端に下げられた小田原提灯の灯りが三人を照らした。

「真ん中の男が笹目英之輔でさあ。おや、まあ」

と長吉が言葉を呑み込み、金次が、

「あのふたりは夕暮れ前に屋敷を訪ねてきた藩外の者ですぜ」

と説明した。

「番方、神守様、ふたりはいばり組の面々で、右手の役者顔が頭山由太郎です」

と幹次郎らに教えた。

笹目は五尺八寸（約百七十六センチ）余り、均整の取れた体つきで、端正な顔立ちに双眸だけが油断なく動いているのを幹次郎は感じ取った。

この瞬間、

(笹目は吉原会所から狙われていることを承知ではあるまいか)

と思った。だが、確証はなにもない。

頭山は大ぶりの顔つきで、たしかに役者にしたいような立ち姿だった。

三丁の駕籠が品川に向かって走り出した。

仙右衛門、長吉、金次、宮松の四人と幹次郎は駕籠を小走りに追った。すでに強い雨足で全身は濡れそぼっていた。

三十間堀を三原橋で渡り、尾張町の辻で東海道に出ると品川に向かって駕籠は速さを増した。

幹次郎たちも足元から飛沫を上げて走った。

提灯の灯りがあるので尾行は難しくはなかった。

だが、冷たい雨が幹次郎たちの衣服を濡らし、体を冷えさせた。

芝口橋を渡り、源助町、露月町、柴井町、宇田川町、神明町、浜松町と東海道を南へ走り抜けて、金杉橋を渡った。

入間川に架かる芝橋に差しかかると雨の中に潮の香りが漂ってきた。

東海道沿いに薄く広がる本芝町の町屋の向こうにはすでに江戸前の海が広がっていた。

幹次郎らが走る左手からは潮騒が響いてきた。

四つ（午後十時）前に大木戸を越えた三丁の駕籠は走りを緩めた。

「えいほー、えいほー」

の声が止まったのは、八つ山を過ぎた北品川宿にある寺町の裏路地だ。寺に囲まれるようにひっそりとした隠れ茶屋の美濃松（みのまつ）があり、幕府の目を盗んで、夜中じゅう見世を開けているようだった。

三丁の駕籠は門の中に消えた。

「番方、どうやら飯盛（めしもり）を何人か抱えていそうな茶屋ですぜ」

と言った長吉が辺りを見回し、ちょいとだれぞに訊いてきましょうかえと金次と宮松を連れて姿を消した。

その場に残った幹次郎と仙右衛門は寺の山門（さんもん）の暗がりに雨を避（よ）けた。とはいえ、すでに下帯までずぶ濡れのふたりだった。

その雨を突いて男と女の騒ぐ声が聞こえてきた。どうやら仲間が待ち受けていたようだった。

「ひと晩騒ぐ気のようですね。奉公を解かれたというのにいい気なものだ」

「番方、奉公よりも金を稼ぐ道を覚えたようだ」

「素人は怖いねえ」

と仙右衛門が言ったとき、空駕籠が出てきた。

「駕籠屋さん」

と山門の暗がりから仙右衛門が声をかけた。

駕籠舁きたちがぎくりとして足を止めた。

「酒手を稼いでいかないかえ」

「その濡れた恰好で駕籠に乗ろうと言いなさるか」

兄貴分が訊いてきた。

「そうじゃない。今、送った客のことだ。馴染かね」

駕籠舁きが雨の雫のかかった顔を横に振り、

「わしらは辻駕籠だ。田沼様の中間が呼びに来たのさ、三人は初めての顔だな」

「中間の名はご存じか」

「中間頭の加助さんだねえ、あいつも近々屋敷を放り出される口だ」

「ほう、面白い話だな」

仙右衛門が手にしていた二分を兄貴分に、

「酒でも呑んで帰りねえ」

と渡した。

「こいつはどうも」

「道中、なんぞ三人の話を聞かなかったかえ」

「この雨で駕籠同士が話せるものか。だがな、この茶屋で下りたとき、中間頭がすでにいてさ、笹目様、吉原の連中を叩き伏せる手筈(てはず)は整えましたぜと申し上げていましたぜ」

「三人はなにか答えたか」

「里にいれば威張ってもいられようが品川宿ではどうにもなるめえ。会所はこれで当分駄目だなと笹目様が答えられ、もうひとりの小太りの侍が騒ぎの収まったころ、またひと仕掛けしようと笑ったっけ。それだけだぜ、わっしが耳にした話はよ」

「気をつけて帰りねえな」

と仙右衛門が三丁の駕籠を送り出した。

「神守様、相手は大勢になった、助けを呼びますかえ」

「まあ、なんとかなろう」

と幹次郎が答えたとき、長吉ら三人が戻ってきた。

「この刻限、夜鳴き蕎麦(そば)屋もいねえや」

「なにもなしか」

「木戸番の爺様をとっ捉(つか)まえて訊いてみたが、美濃松はさ、お上に目をつけられているそうだが、今のところは金の力で暖簾を上げているとか。いばり組の根城(ねじろ)

のひとつと分かっただけだ」

「美濃松がそんな風なら、こちらも気が楽だ」

と仙右衛門が、

「いつまでも寒さに震えているのも能がない。呼び出しますかえ」

幹次郎に訊いた。

「寒さで体が利かなくなっても困りますでな」

頷いた番方は腰の矢立を出し、懐から油紙で包んだ懐紙を一枚抜くとさらさらと呼び出しの場を記し、金次に、

「美濃松の表口に投げ込んでこい」

と渡した。

「へえっ」

「呼び出し場所は御殿山の道灌館跡だ」

「合点だ」

金次が承知して飛び出し、仙右衛門ら四人も雨の中に走り出した。

御殿山は江戸の初め、将軍家の鷹狩りの際の休憩処として、または東海道を行き来する要人を送り迎えする際に使われた。

かつては広大な敷地に道灌館があったそうだが、天明期、館跡が残されているだけだった。


雨の中、乱れた足音が御殿山道灌館跡に響いた。

笹目英之輔といばり組の面々十数人がおっとり刀で駆けつけた姿だった。

館跡に吉原会所の長半纏を着た男がひとり立っていた。

番方の仙右衛門だ。

「呼び出したのはおまえか」

笹目が叫んだ。

「へえっ、吉原会所番方の仙右衛門にございますよ」

「なんの用だ」

「知れたこと、逢染と幾次の仇討ちにございますよ」

笹目英之輔が、
ふふふうっ
と笑った。

「公儀官許吉原は張りと粋と見栄に生きる遊里でしてねえ、罪咎（つみとが）もねえ遊女に自分の尿を引っかけて、恥をかかせるような真似は通じないんでございますよ」

「通じるか通じぬか、いばり組はこれからも押し通るぜ」

「まいないつぶれと呼ばれた田沼意次様の家来に相応しい小便侍だぜ」

「おのれ、言わしておけば」

笹目は仲間に片手を上げて合図をするとそれぞれが抜刀した。だが、林崎夢想流の居合の達人であるはずの笹目自身は柄にも手をかけなかった。

「そなたらの相手はこの神守幹次郎にござる」

いばり組の面々の背後で声がした。

振り向くと神守幹次郎が赤樫の木刀を下げて立っていた。

「吉原会所裏同心とはおまえだな」

笹目英之輔が叫んだ。

「それがしの技、ちと手荒うございます」

幹次郎が示現流の稽古に使われる刃長二尺五寸三分（約七十六センチ）、柄八寸三分（約二十五センチ）、総長三尺三寸六分（約百二センチ）の赤樫の木刀を立てた。

いばり組の面々との間合は十間（約十八メートル）ほどあった。

それが面々の緊張を欠いたものにしていた。

「参る」

と言い放った幹次郎の顔が紅潮し、口から、
きええいっ
という夜雨の御殿山を揺るがす声が響き、走り出した。

いばり組のもうひとりの頭分、頭山由太郎が剣を脇構えに保持すると迎え撃つために駆け寄った。

見る間に間合が縮まった。

ちぇーすと！

怪鳥の鳴き声とも思える気合が響き、幹次郎の体が雨の夜空に飛び上がっていた。

おおおっ
と驚きの声を発した頭山が脇構えから虚空へと刀を振り上げた。

幹次郎は虚空にあって背に木刀の峰を打ちつけ、その反動を利して振り下ろした。

雨をふたつに斬り裂いて木刀が雪崩れ落ち、頭山の剣をへし折り、脳天を陥没

させるほどに叩き潰した。

げげげえっ

血反吐を吐いた頭山が横倒しに倒れた。

地上に飛び降りた幹次郎が四方に飛び跳ね、木刀を振るい続けた。

一陣の烈風が吹き抜けたとき、いばり組の面々五、六人が倒れ伏して呻いていた。

残党は茫然自失して戦意を喪失していた。

「残る相手は笹目英之輔どのか」

幹次郎の口からこの言葉が漏れた。

「おのれ」

笹目が羽織を脱ぎ捨て、腰と足の位置を定めた。

「林崎夢想流の居合を使うそうな。それがしも居合には居合でお相手致そうか」

幹次郎の手の木刀が足元に置かれた。

腰をひと揺すりして剣を落ち着かせた。

相手の笹目英之輔はすでに構えに入っていた。

間合は三間（約五・五メートル）、互いが踏み出せば即座に死地に入った。

幹次郎の顔つきが先ほどと一変していた。

示現流を使うときは紅潮していた顔がいまや能面のように表情を隠していた。

「ううむ」

無意識の裡に笹目の口から力み声が漏れた。

ふわっ

と両雄の間の空気が濃密に膨らみ、

すっ

と弾けた。

笹目が上体を傾斜させて走ってきた。

一方、幹次郎はその場に留まっていた。ただ、腰が沈んだ。

間合が切られた。

笹目の手が翻り、腰間から光が弧状に伸びてきた。

幹次郎の腰が伸び上がった。

相手の太刀風を見定めながら抜き放たれていた。

「浪返し」

と不動の幹次郎の口から漏れ、ふたりの居合斬りが交差した。そして、笹目の

体が、
ぎくり
と動きを止めると、凍りついた。
幹次郎の刃渡り二尺七寸の豪剣が笹目の抜き打ちを潜り抜けて胴に、
ばしり
と決まり、そのまま、
すいっ
と引かれた。
一条の光に赤い血飛沫が絡んだ。
ううっ
硬直した笹目の体が前のめりに倒れ込み、幹次郎がその傍らを走り抜けた。そ
して、胸の中で、
(逢染、成仏せよ)
と念じていた。

第二章　初桜

一

陰暦三月朔日、廓に朝から大勢の職人が入った。

毎年、この時期に仲之町に桜が植え込まれるのだ。

「花を植うる事、むかしはなかりしに、寛保元酉年（一七四一）、思い付てうえ初たり。もろこしにては、けいせい町を、花街あるひは花柳苑などと称して、花と柳はうゆる事なり。さすれば此里に花をうゆる事、故実にかなひて、はんえいのしるしといふべし……」（『吉原大全』）

また西原柳雨の『川柳吉原志』には、

「夜桜の起源は、寛保元年にて、二代目団十郎が助六を勤め、名題を『所縁江戸桜』として、夜桜の景を作り、大当をとりしは其翌寛保二年なり。下に青竹の垣を結び、山吹を植え、雪洞を立てたるは、夫より五年の後、延享二年なり」とある。吉原の夜桜は芝居と一体になり、江戸の名物、吉原三景のひとつになった。

いつもは朝の目覚めが遅い遊女衆もこの日は妓楼の二階に顔を突き出し、桜が植え込まれ、その根元に山吹が飾られ、青竹の柵が引き回され、雪洞が立てられるのを眺めた。

あとは桜が咲くのを待つばかりだ。

吉原の四季で一番晴れやかで華やかな季節を迎え、吉原で住み暮らす子供衆は言うに及ばず、遊女衆も男衆もそわそわと花の咲く日を待ちかねる。

この日の昼下がり、幹次郎は刀を研ぎに出そうかと考え、研ぎ料を懐に左兵衛長屋を出ようとしていた。

そこへ訪ね人があった。

豊後岡藩の中間足田甚吉が姿を見せたのだ。

甚吉とは幹次郎が幼いころから、幹やん、甚吉と呼び合ってきた仲だ。

その甚吉の顔に憂いが漂って元気がない。

汀女は長屋に近所の子を集めて、読み書きを無償で教えていた。そこで幹次郎は甚吉を日本堤に連れ出し、引手茶屋白鷺屋(しらさぎや)の女将に、

「すまぬが縁台を貸してはくれぬか」

と断った。

その茶屋の子も汀女の弟子だった。

「おや、子供に長屋を乗っ取られましたか。どうぞご勝手にお使いなさいな」

と女将は縁台の上の敷物をかたちばかり叩いて裏に返し、小女(こおんな)に茶まで命じた。

白鷺屋の軒先には深編笠がたくさん吊るしてあった。

吉原を訪ねるのに面体を知られたくない武士などが保証金百文(もん)を預けて借り受け、帰りに編笠を返すと六十四文の銭が戻ってくる仕組みだった。だが、近ごろでは面体を隠すどころか、大威張りで遊里に向かう客が増えていた。

白鷺屋は少なくなったそんな客相手に未(いま)だ編笠を貸していた。

そんな深編笠の吊るされた下でふたりは向き合った。

桜の季節というのにゆらゆらと陽炎(かげろう)が立つほどに暑い日和だった。

「どうした、甚吉、元気がないではないか」

「うーむ」

と言った甚吉が山谷堀に目をやりしばらく押し黙っていたが、

「とうとうおれの番が来た」

「奉公を解かれたか」

重々しく頷いた甚吉は、

「昨日のことだ。用人金沢太郎吉様が中間頭を呼ばれ、昼行灯の石原常右衛門様の藩立て直し策に従い、中間部屋も人数を減らすと申し渡されたそうな。先陣を切って、おれと、他に五人が馘を言い渡された」

「甚吉は爺様の代からの奉公であったな」

「爺様も親父も豊後岡藩七万三千石、中川修理大夫様にお仕えしてきた。それがおれの代で馘だ」

「家中は上げ米四割であったな」

家臣はすべて禄米、俸給の四割を藩に差し出す緊縮財政の最中だった。

「つらいことになったな」

「時に藩の外に出て幹やんのように気楽に暮らすのもよいなと考えないではなかったが、おれにはなんの取り柄もない。どうしていいか分からぬ。目の前が真っ暗になったようだ」

「甚吉、そう悲観したものでもあるまい。この世の中には捨てる神もあれば拾う神もある。いつまで屋敷にいられるのだ」

「中間頭は十日を限りに屋敷から出よと申された」

「解き放ちの金子は出るのか」

「出るとも出ないとも見当がつかぬ。だが、出ても雀(すずめ)の涙だろう」

甚吉は茫然自失した顔で言った。

「甚吉、江戸で暮らす気はあるか」

「今さら国許に戻ったとて仕事などあるものか」

「ならば江戸で暮らせ」

甚吉が顔を上げた。縋(すが)るような眼差(まなざ)しが幹次郎を見ていた。

「男ひとり暮らすくらいなんとでもなろう。差し当たってこの近くに長屋を借り受けておく」

「ほんとうか」

「虚言(きょげん)を弄(ろう)してなんになる」

「幹やんと姉様の近くに住めれば心強い」

「仕事はそれから探せばよい。それがしも心がけておこう」

「幹やん、この通りだ、有難いぞ」

と両手を合わせて頭を下げようとした甚吉の両目からふいに涙が溢れてきた。

「甚吉、この程度の話で男が泣いてどうする。早々に屋敷の始末をつけてこい」

幹次郎は研ぎ代にと用意していた二両を甚吉に渡した。

「よいのか、二両も」

「そなたが稼ぐようになったら、少しずつ返してもらおう」

うんうんと甚吉は頷き、二両を押しいただくとほっと安堵の顔をした。

「馘首されたのは中間だけか」

「いや、そうではない、ご家来衆もだ。なんでも奉公人の二割を減じるとか、皆、戦々恐々としておられるぞ」

と答えた甚吉は縁台から立ち上がり、

「幹やん、ほんとうに厄介になってよいか」

「念押しには及ばぬ。長屋を用意しておく」

「七、八日内には必ず来るぞ」

「待っておる」

甚吉は芝口一丁目の上屋敷に戻り、諸々の始末をつけると言い残し、急に元気になった足取りで日本堤から浅草寺の方角へと姿を消した。

「女将、邪魔をしたな」

奥に声をかけた幹次郎は、日本堤から左兵衛長屋への道を下っていった。すると長屋の木戸口から子供たちが美濃紙を綴じた稽古帳を提げて出てきた。

「手習いは終わったか」

「お侍さん、すまねえな、居場所をおれたちが取っちまってよ」

小生意気な口を利いたのは、引手茶屋白鷺屋の次男の両吉だ。

「その代わり、そなたの店の軒先を借り受けた」

「ならばあいこだ」

と両吉が答え、幹次郎が今来た道を走っていった。

幹次郎が長屋に戻ると、生徒のうちで年かさの娘たちが天神机を部屋の隅に積み上げて、後片づけをしていた。

汀女も箒を持って立っていた。

「おまえ様、甚吉どのが見えたようだが、どちらで時を過ごしておられました」

甚吉との会話を耳にしていたか、汀女が幹次郎に訊いた。

「白鷺屋の店先を借りた」

と答えたとき、娘たちがきちんと正座をすると、

「お師匠様、片づけは終わりました」

「有難うございました」

と口々に言いながら頭を下げた。汀女も箏を置いて座すと、

「気をつけてお帰りなさい」

と返礼をした。

娘たちが長屋から消えて、幹次郎は汀女に足田甚吉が馘首されたことを告げた。

「なんと岡藩はついに奉公人を辞めさせるところまで追い込まれましたか」

と言葉を搾り出すように言った。

幹次郎も汀女も岡藩の下士の家に生まれていた。もしふたりが岡藩にいたとしたら、甚吉と同じ境遇に直面したかもしれなかった。

「屋敷奉公しか知らぬ甚吉どのはさぞ驚きのことでございましたでしょうな」

「爺様の代からの奉公だ。目の前が真っ暗になったと申しておった」

幹次郎は甚吉にこの近くに長屋を見つけてやると約定したことなどを汀女に告げ、

「頼るところと言えば、会所しかない。これから番方に相談しに参ろうと思う」

「善は急げと申します。早い手当てがようございます」

姉様女房は幹次郎の恰好に目をやり、襟を直し、帯を締め直すと、

「笠を被ってお行きなされ、日差しが強うございます」

と真新しい菅笠を差し出した。

着流しに両刀を腰に差し落とした幹次郎は、日本堤に出ることなく土手下の田圃道を五十間道に抜けた。

浅草田圃もどことなく長閑で辻の地蔵堂の傍らに立つ桜の蕾も膨らむ気配を見せていた。

大門前に着いた幹次郎は、仲之町の通りに桜が植えられる日だったかと気づかされた。

法被を着た職人衆が青竹を紐で器用に結わえて垣根を造っていた。すでに桜は綺麗に植え込まれていた。

雪洞を立てている職人もいた。

幹次郎が仕事ぶりを見ていると、

「桜の季節が参りましたな」

と吉原会所の七代目が声をかけてきた。

四郎兵衛は出入りの職人の仕事ぶりを監督していたようだ。

「四郎兵衛様、いつもの仲之町と違うようです」

「さようさよう」

と笑った四郎兵衛が、

「松葉屋の主が神守様になんぞお礼をしたいと申しておりましたよ」

と話柄（わへい）を転じた。

過日、逢染の仇を討ったことの礼だろう。

「それがしの仕事にござれば斟酌（しんしゃく）無用に願います」

「私もねえ、神守様ならそう答えなさるだろうと言っておきました」

と言い、

「弔（とむら）いも初七日（しょなのか）も騒ぎでできませんでした。四十九日は知り合いを呼んで執（と）り行うそうです。その席にはきっと神守様も呼ばれますよ」

「法事なれば参ります」

うーむと頷いた四郎兵衛が、

「今日は桜の植え込み見物ですか」

と訊いた。

「いえ、番方にちと知恵を借りようと大門を潜ったところです」

「番方は御用で出ていますよ。私で役に立ちますかな」

「七代目では恐れ多い」

「まあ、話してご覧なさい」

足田甚吉の一件を立ち話した。

「おやまあ、中川修理大夫様のご内証も追い詰められましたか」

吉原は江戸の外れ、浅草田圃にあったが、官許の遊里では幕閣から大身旗本、大名家の留守居役と多彩な人々が出入りして外交を繰り広げた。それだけに酒席で語られる話は幕府の機密に触れるもの、大名家の藩財政から人事までと幅広く、その情報のすべてが吉原会所に集められる仕組みになっていた。

吉原の商いは世の中の動向を敏感に察すればこそ続けられるのだ。

だが、四郎兵衛は豊後岡藩の財政がそこまで追い込まれているとは知らなかったようだ。

「幼馴染の中間さんは独り者ですかな」

「はい」

「長屋を都合すればよろしいので」

「お知り合いがございますか」

「神守様のように吉原の男衆で遊里の外に暮らす者もおりますでな、左兵衛長屋のように、吉原はいくつか長屋を持っております」

「そこへ甚吉が住まいすることができますか」

「差し当たって住まいなされ。どうせ仕事もこの界隈で探すことになりましょう」

「造作をかけます」

四郎兵衛は小頭の長吉を呼び、

「元吉町の長屋に神守様を案内して、差配の久平次に独り者の長屋を都合するように言いなされ」

と命じた。

「四郎兵衛様、真に有難うございます」

と頭を下げる幹次郎に、

「札ノ辻で武士がそうそう頭を下げてはなりませんぞ。ささっ、元吉町に行って長屋を見てきなされ」

とふたりを送り出した。

「神守様、だれぞ長屋を探しておられますので」

幹次郎は甚吉の一件をふたたび長吉に繰り返して伝えた。

「なんだ、そんなことですかえ」

「あっさりと長屋は見つかりそうですが、食い扶持をなんとかせねばなりません」

「屋敷奉公の中間さんねえ」

と長吉も首を傾げた。

「神守様の知り合いだ。どんな仕事でもいいというのなら、七代目がいくらでも食い扶持になる働き口くらいは持っておいでですがねえ」

長吉も屋敷奉公の若党中間がなかなか潰しの利かないことを仕事柄承知していた。

「まあ、当人の心がけ次第です。長吉どのにまたご面倒かけるかもしれません」

ふたりは五十間道から衣紋坂を上がり、日本堤に出た。

山谷堀を渡り、今戸町、山之宿町、花川戸町、材木町の入会地を抜けると浅草元吉町にぶつかった。

吉原の大門からまっすぐだ。

「かようなところにも会所は長屋をお持ちですか」

「神守様がお住まいの左兵衛長屋を含めてこの界隈に二十数棟はございますんで。久平次さんが差配する長屋は棟割三棟です」

幹次郎は改めて吉原会所の財力を思い知らされた。

差配の久平次は元吉原の男衆で客が刃傷沙汰を起こし、遊女を庇おうとして右の太腿を脇差で刺されて、大怪我を負ったとか。半年後、怪我は治ったが、利き足を引きずるようになって男衆の仕事を辞し、会所の長屋の差配をして暮らすようになったと長吉が説明してくれた。

長屋を差配して暮らすにはまだ若い、四十前の歳恰好だ。

その昔、機敏な男衆であったろうと思える体つきだった。今は松葉杖に縋って歩く身だが、久平次はそのことを気にしている風もなかった。

「神守様の知り合いですかえ。今、家作はふたつ空いておりますが、どちらがいいかな」

久平次は幹次郎の顔も名も承知していた。

「見せてもらえるか」

頷いた久平次が松葉杖を器用について、一軒目を案内した。

棟割長屋の一番手前にあってお定まりの九尺二間（間口約二・七メートル、奥行約三・六メートル）の広さだ。建て替えられて四年とか、まだ木肌（きはだ）は新しかった。入り口が東南に向かい、日当たりがよさそうだ。

二軒目は奥まった家作で井戸端と厠（かわや）の側にあり、女たちがお喋りを一日しているように思えた。

「男の独り身、一軒目のほうがよいかな」

「ならば掃除をさせておきます」

と久平次が請け合った。

これで長屋は決まった。

「こちらに厄介になる者は足田甚吉と申してさる藩の中間だった男だ。町屋の暮らしは知らぬゆえ、万事よろしく頼む。近々それがしと女房が夜具など運んで参る」

幹次郎は前金として二分ほど支払おうと差し出した。

「会所の口利き、神守様のお知り合いだ。甚吉さんから店賃はいただきましょう」

というのを幹次郎は、

「約定した証しに前金を払うは当然のことだ」

と久平次に無理に渡し、書付をもらった。

山谷堀まで戻ってきた幹次郎は大仕事でもした気分で、ほっと安堵の息を吐いた。

「長吉どのはよくご存じであろう、奉公を解かれた屋敷者ほど頼りにならぬ者はない。われらも吉原会所に拾われなかったら、今ごろ、行き倒れになっていたやも知れぬ」

幹次郎は正直な気持ちを吐露した。

「吉原に来られて何年になりました」

「長吉どの、わずか一年が過ぎたところです」

えっ、と驚きの声を上げた長吉が、

「何年も一緒に仕事をしてきたと錯覚しておりました」

「そう、わずか一年のことでした」

幹次郎は感慨深げにそう呟いていた。

二

次の日、汀女と幹次郎は浅草寺門前の夜具を扱う三益屋（みますや）を訪ねた。三益屋は吉原の出入りの布団屋の一軒で、客が花魁に贈る積み夜具から男衆が使う木綿の掻巻（かいまき）まで手広く扱っていた。

汀女は敷き布団と、上掛けにするための掻巻と籾殻（もみがら）入りの枕を見繕（みつくろ）い、

「幹どの、差し当たって冬布団は要りますまい」

と幹次郎を顧（かえり）みた。

「そうだな、春から夏に向かう季節だ。狭い長屋にはなるだけ道具が少ないほうがよかろう」

「会所にお届けしますか」

と応対した手代（てだい）が汀女に訊いた。

七軒茶屋のひとつ、山口巴屋の玉藻が汀女に三益屋を紹介してくれて、山口巴屋の名を出しなさいと知恵をつけてくれた。すると三益屋では夜具代をいくらかまけてくれた上に運ぶと申し出たのだ。

「手代どの、ひと纏めに括ってくれぬか。それがしが担いでいこう。安くしてもらった上に運ばせては気の毒だ」

「お侍様が担いでおいでで」

体面を気にする江戸っ子ではまず夜具を担ごうなんてことは申し出ない。手代が驚くのも無理はない。

「幹どの、大丈夫ですか」

汀女までが驚いて訊いた。

ふたりの足元には鍋、釜、茶碗などすでに買い揃えた品々がひと包みあった。

「姉様、夜中に夜具を担いで鍋を下げれば夜逃げだが、日中だ。まあ、だれもなにも申すまい。日和もよし、参ろう参ろう」

幹次郎の言葉に、三益屋の手代が敷き布団に掻巻と枕を手際よく包み込んで紐で縛ってくれた。さすがに年季が入った仕事、かさばることもない。

「これならば片手で提げられるわ」

幹次郎は片手に鍋の包み、もう一方の手に夜具を提げて、

「造作をかけたな、礼を申す」

と手代に挨拶すると、

「山口巴屋の女将様によろしくお伝えください」

と返事が戻ってきた。

手ぶらの汀女が、

「幹どの、鍋を持ちまする」

と言うのを、

「姉様はお先に歩かれよ。軽いものじゃぞ」

と幹次郎は平然としたものだ。

恐縮そうに頷いた汀女が言った。

「あとは米味噌の類ですが、長屋の近くで求めましょう」

「そうだな、甚吉が引っ越してくるまでにはまだ間があろう」

ふたりは浅草寺の東側、寺が連なる町を浅草山川町（やまかわちょう）へ抜けて、日本堤に出た。

行き交う人が、

(どこぞの田舎侍が長屋暮らしを始めるのか)

という顔で顧みた。

だが、両手に大荷物を提げた幹次郎に屈託（くったく）の様子はまるでなく、山谷堀の土手に咲き出した黄色の蒲公英（たんぽぽ）の花などに目をやって、

「気持ちがいい天気だな、姉様」

と背筋をきりりと伸ばして前を行く汀女に話しかけている。

「姉様、われらが江戸入りしてようよう二年、吉原に世話になって一年とふた月があっという間に過ぎたな」

汀女が歩を緩めて幹次郎に並びかけた。

「信一郎とおみねの墓参りに久しく行っておらぬ」

信一郎は汀女の実弟だ。

幹次郎と汀女が豊後岡藩を脱藩したため、妻仇討の願書が藩に出された。

ふたりは汀女の夫の藤村壮五郎らの追っ手を受ける身になった。

藤村壮五郎は汀女の実家に貸した金を盾に、汀女の弟の信一郎を追っ手のひとりに加え、幹次郎の切っ先を鈍らせようと策を弄した。

北へ東へと諸国を逃げ回る幹次郎と汀女の流浪は十年間も続いた。

信一郎が追っ手に加えられたのを知ったふたりが江戸に入ったのは今から二年前、天明五年（一七八五）の晩夏のことであった。

その年の暮れ、信一郎が吉原の局見世女郎のおみねに惚れて、事件を起こした。

無謀にもおみねを足抜させて、追っ手の暮らしからも抜けようと試みたのだ。

それを藤村壮五郎一行に見つかり、ふたりは日本堤で斬り殺された。

その事件を切っ掛けに幹次郎と汀女は吉原会所と縁を持ち、今の暮らしをするようになったのだ。

「幹どの、信一郎とおみねさんのふたりが雪の日本堤を血に染めて斃れたのはわずか一年と三月前でしたか。長い歳月が過ぎ去ったように思うておりました。近ごろはほんに墓参りも行っておりませんな」

と答えた汀女だが、山谷春慶院の無縁墓地に葬られたふたりの墓に密かに独り参っていることを幹次郎は承知していた。

「姉様、布団と鍋を甚吉の長屋に届けた足で春慶院に参らぬか」

汀女は幹次郎を見ると、

「そう致しましょうかな」

と答えた。

春慶院は山谷堀の向こう岸、元吉町に近かった。

そのとき、三浦屋の文使い万助が通りかかり、

「おや、汀女先生、会所の旦那と道行きかえ」

と声をかけてきた。

「さよう、山谷堀を越えて元吉町のお長屋まで夫婦で道行きにござる」

万助が、

（おやおや、会所の用心棒が冗談を返すようになったぜ）

という顔でふたりを見送った。

文使いとは遊女が客に宛てて書く誘い文を田町の仲宿（出合茶屋）や柳橋の船宿などに届ける職だ。頼まれれば客の家の近くの床屋とか常磐津の師匠の家に届けたりもする。無論遊女からの文を家人に知られないためだ。

廓内、揚屋町の路地裏などの長屋に住まいして、出入りの引手茶屋へ朝と晩に顔を出し、

「文の御用はござんせんか」

と注文を取って歩いた。だいたい一通の文を届けて十六文で、それだけでは食べていけないので遊女の買い物などをしてはなにがしかの銭を稼いだ。

だが、大籬三浦屋では専属の文使い万助を抱えて、外の文使いを使わなかった。

元吉町の長屋では差配の久平次が部屋の掃除を終えて、戸口と腰高の格子窓を開け放ち、風を入れていた。

「造作をかけましたな」

と言いながら幹次郎は夜具と鍋釜を運び込んだ。

久平次が幹次郎の後ろから入ってきた汀女を眩しそうに見た。

「吉原で評判の手習い塾の先生のご入来とは驚いた」

「ほう、姉様がなんぞ評判になっておりますか」

額に汗を光らせた幹次郎が訊いた。

「旦那はご存じございませんか」

「知らぬな」

「仲之町の昼下がり、汀女先生が胸に風呂敷包みを抱えて凜然と歩かれる姿は、吉原の松の位の太夫にも真似ができない女ぶりと評判ですぜ」

「差配どの、冗談はうちの人には通じませぬ」

汀女が軽くいなして、長屋に上がり、買ってきた鍋釜茶碗の包みを台所で解き始めた。

「冗談なんかじゃないんだがな」

とぼやく久平次を横目に幹次郎も夜具を解いて部屋の隅に置いた。

「差し当たって足りぬのは水甕か」

と幹次郎が呟くのを聞いた久平次が、

「前の住人が残していった水甕がうちに転がってますぜ。それをお使いなさい」

「貸してもろうてよいか」

「まあ、使えるか使えぬか見てご覧なさい」

幹次郎は久平次に連れられて別棟の長屋に行った。差配の久平次は長屋に住んでいたのだ。

「これですぜ」

橋場町の窯で焼かれたという水甕は泥に汚れていたが、洗えば十分使えそうだ。

「借り受ける」

と断った幹次郎は水甕を井戸端に運び、一旦長屋に戻ると大小を汀女に預けた。

「頃合の水甕があった。洗って参る」

「そのようなことは私が致します」

と汀女が慌てて立ち上がろうとしたが、

「姉様は中の仕事を続けてくだされ。水甕を洗うなど造作もないわ」

井戸端に戻ると久平次が束子を手に待っていた。傍では、年増女が釜の米を研いでいた。

「おはつさん、吉原会所の旦那の知り合いが近々木戸口の空き家に越してこられる。よろしく頼むぜ」

と説明すると、

「神守様、おはつさんは五十間道の引手茶屋相模屋の仲居さんだ」

と紹介した。

「甚吉と申して屋敷奉公しか知らぬ男だ。面倒はかけぬと思うが、奴の知らぬことは遠慮なく教えてくれ、聞く耳は持っておる」

「こちらこそよろしくお願い申します」

おはつは濡れた手を前掛けで拭いながら頭を下げ、釜を抱えて甚吉の長屋の前の戸口に消えた。

幹次郎は釣瓶で水を汲み上げると久平次から借りた束子で水甕を綺麗に洗い上げた。だが、臭いが少しばかり残っていた。

「井戸の端に水を張って置いておきなさい、湿気った臭いが飛びますよ。甚吉さんが越してきてから長屋に入れればいいや」

久平次のすすめた通りに水を張った甕を井戸端に置くと長屋に戻った。

「幹どの、日当たりもよく、風も通ります。これならば甚吉どのも喜ばれましょう」

汀女のほうも台所の片づけが終わったようだ。

「ならば春慶院に参ろうか」

「花など買い求めていきましょうかな」

春慶院は元吉町を東に下った小塚原縄手に向かう道筋にあった。

花を探すのなら山谷堀を戻れば簡単だが、と幹次郎が考えたとき、

「花を作って吉原に売っておられる百姓家がこの近くにございます」

と汀女が今戸町の裏手に幹次郎を案内していきながら言った。

「姉様、ようご存じじゃな」

偶然にも春慶院の墓参りの途次に知ったという百姓家の敷地には桃の花が咲き乱れ、その下には水仙が白と黄色の花を競い合っていた。

汀女は庭先にいた女衆と話し、桃の花と水仙を分けてもらった。それを手にした幹次郎と汀女は春慶院の山門を潜った。

無縁墓地の前に行くと、文を握りしめた女が瞑目していた。

若く初々しい嫁女のような背と身形だった。

ふたりは静かに女がお参りを済ますのを待った。

女は心の中の思いを死んだ身内にでも打ち明けるような様子で長いこと瞑目していた。そして、最後に顔を上げて、なにか約定でもするふうに言いかけると立ち上がった。そして、振り返った女が汀女と幹次郎に気づき、

「あら」

と驚きの声を上げた。

「汀女先生がお待ちとは存じませんでした」

「あなたは音葉様ではございませんか」

「一度だけ汀女先生の手習い塾に参りましたが、その後、遊里の外に出ましたゆえ二度目は行けませんでした」

音葉と汀女が呼んだ女は手にした文とは別に胸にもう一通の書状を差し入れていた。

「お幸せにお暮らしですか」

「はい。なんとか遊里の外の暮らしにも慣れました」

「それはよかった」

汀女の言葉に音葉は頭を下げてふたりの前を立ち去った。

吉原に売られた遊女にも大門から大手を振って出ていく女たちがいた。

ひとつは年季明け、そして、もうひとつが身請(みう)けだ。

十五、六歳で吉原に売られてきた娘はおよそ十年年季を働き通して、遊里の外に出ることができた。だが、年季のうちになにやかにやと金がかかり、抱えの楼に借財が増えた女はさらに務めが長くなるのが普通だった。そのころには花の盛りを過ぎて、段々と格下の妓楼へと身を落とし、身持ちの悪い遊女はさらに局見世へと鞍替(くらが)えさせられた。

幸運にも音葉のように二十一、二歳の若さで身請けされる遊女はまれな例であった。

幹次郎はなんとなく音葉の顔に憂いがあるように思えた。格別なにと考え当たることはなかったが、無縁墓地の前で拝んでいた熱心さにそう思わされたか。

ふたりは音葉の去った墓の前に桃と水仙を捧(ささ)げ、

「信一郎、おみねさん、あの世で仲良く一緒に暮らしておりますか」

と汀女は若くして死んだふたりの霊に話しかけた。

「幹どのの思いつきで思いがけなくも墓参りに来ることができました。礼を申します」

と汀女が幹次郎に礼を言ったのは帰りがけの春慶院の山門前だ。

「近くに寺があると承知しながらなかなか足が向かぬ。ちょうどよい機会であったな」

幹次郎はそう汀女に答え、訊いていた。

「音葉さんはどこの抱えであったな」

「惣半籬の讃岐楼さんの抱えでしたよ。たしかどこかの植木屋の若旦那に身を落籍されたと聞いたことがございます」

惣半籬は大見世の大籬、中見世の半籬よりもさらに格式が下がる小見世で、仲之町に呼び出されるような花魁、太夫はいなかった。

江戸町一丁目、二丁目、京町一丁目、角町と古い町筋にある惣半籬を大町小見世と呼び、気軽に遊べる表見世として知られていた。手軽とはいえ、羅生門河岸の局見世とは異なり、お職に新造がつく妓楼もあったから、それなりの格式ともいえた。

音葉はそんな大町小見世讃岐楼の遊女であったという。

讃岐楼は会所の裏同心幹次郎が出入りに使う路地横にある見世であった。

「幹どの、なんぞ気がかりがございますか」

「気がかりなどあろうか。亡くなられた朋輩衆の霊前にようもお参りにみえたと感心したまでな」

「ほんに、遊里を出た女子が春慶院にお参りとは感心なことですね」

外に出た女たちは吉原にいたことを隠そうとし、吉原界隈には近づかないのが普通だった。

ふたりは話しながら山谷堀へと戻ってきた。

「姉様、私は会所に寄っていこう」

「ならば私はひと足先に長屋に戻っております」

ふたりは見返り柳の若葉が風にそよぐ辻で別れた。

仲之町に植えられた桜は小さな蕾をさらに膨らませていた。

幹次郎は面番所から同心の村崎季光が見つめる眼差しを感じながらも植えられた桜の蕾を眺めていた。

この分なら暖かい日が三、四日も続けば花が咲こう。

そんなことを思いながら仲之町から江戸町一丁目に曲がった。

和泉楼と讃岐楼の間の路地に差しかかるといつものように婆様が手造りの縁台に座り、煙草を吹かしていた。

「旦那、なんぞ御用かねえ」

「近くに来たので顔を出したのだ」

頷く老婆に言った。

「讃岐楼にいた遊女どのに春慶院で会った」

「だれのことかね」

「音葉と呼ばれていた女だ。熱心に遊女が眠る無縁墓地の前で手を合わしておられた」

「楼で同輩だった智恵（ちえ）さんの墓参りだねえ。たしか音葉さんは江戸を離れて、川崎宿（かわさきしゅく）に身請けされたはずだがねえ」

と呟き、

「江戸に用事でもあったかねえ」

と首を傾げた。

三

会所では長吉ら若い衆がなんとなくのんびりしていた。

七代目の四郎兵衛も番方の仙右衛門も留守のせいだ。それに桜の咲く季節を迎えて、遊里じゅうがどことなく浮き立っていた。

「神守様はどこぞに行かれましたので」

との長吉の問いに久平次長屋から春慶院へ信一郎とおみねの墓参りに回ったことを告げた。

「あの日は雪の日でしたねえ」

長吉が悲劇の日を思い出したように呟いた。

「長吉どの、讃岐楼に智恵さんという遊女がおられたか」

「へえ、智恵は本名だ。見世では青葉と呼ばれてましたよ。青葉が剃刀で手首を切って死んでから三月にもなるかねえ。遊女の自死だ、楼では内緒にして、亡骸を里の外に出しますからねえ。だれも知らないはずだが……」

と首を傾げた長吉が、

「そうか、春慶院の無縁墓地に投げ込まれたんだ。そこで話を聞かれましたかえ」

「そうではない」

幹次郎は音葉という身請けされた遊女が熱心に墓参りしていたことを話し、智恵のことは路地の見張りの婆様に聞いたと答えた。すると長吉が、

「そうそう、ふたりして同じころ、讃岐楼に来たんですよ。五、六年前かねえ、まだふたりとも娘々していましたよ。妓楼の女将の江津様が名も音葉、青葉とつけて、一緒に遊里を早く抜けられるように仲良く稼げと諭されたとか。そのせいもあってさ、姉妹みたいに仲のいいふたりでしたな」

「ひとりは身請けされたが残った青葉は自死した。運不運を分けましたが、なんぞ酷い目に遭ったのですか」

「たしか惚れた客に袖にされたとか聞いたな、大体、根が遊女になるほど青葉はずぶとくなかったや。音葉を姉のように慕っていたこともあって、音葉が里を出たあとは寂しそうにしていたと聞きましたよ」

長吉は相談する相手がいなくなり、無常にも自死の道を選んだのではないかと仄めかした。

「遊女が客に袖にされて自死することがありますか」

「遊女が客に一々惚れていたんでは、命がいくつあっても足りませんよ。だから、妓楼では最初に遊女にまじに客に惚れるな、手練手管で惚れさせせよ、惚れたふりをしろと教え込みます。だが、遊女も人の子です、若いうちはつい間夫を作ってしまう」

「青葉さんはいくつでした」

「生きていたら二十一歳でしたかねえ」

「若いともいえませんね」

「音葉はしっかり者だが、青葉はおっとりと頼りないような気性でねえ、それで客の口を信じてしまうと耳にしたことがあったな。音葉が傍にいれば、また違ったんでしょうがねえ」

そのときはそれで話は終わった。

幹次郎は一刻余り会所にいて、桜が灯りに浮かぶ頃合、大門を出た。

その翌日から急に寒さがぶり返してきて、吉原の桜も蕾を固くして花を咲かせるのを先に延ばした。

そんな日、汀女が手習い塾から戻り、

「幹どの、番方が会所に顔を出してくださいと申されましたぞ」

と告げた。

「ならば姉様と交替で吉原に参ろうか」

幹次郎は汀女に仕立てたばかりのお納戸色（なんどいろ）の小袖を着せられ、菅笠を手に長屋を出た。相変わらずの寒さが続いていた。

土手八丁への坂を上がりながら、菅笠を被り、

（そろそろ甚吉が引っ越してきてもよいころだが）

と考えを巡らした。

山谷堀を見ると荷船の船頭も顔を寒さに強張（こわば）らせ、首筋に風よけの手拭いを巻いていた。

「旦那、また会ったな。これから会所に出勤かえ」

三浦屋の文使い万助が声をかけてきた。

「いかにもさよう。万助どのはどこまで文使いかな」

「四本の文を持たされていらあ、最後は麴町（こうじまち）だねえ」

「日が落ちるとさらに寒くなるゆえ、風邪など引かぬようにして行きなされ」

「あいよ」

万助が今戸橋（いまどばし）の方角へ足を早めた。

会所にはいつものように裏路地伝いに入った。すると四郎兵衛と仙右衛門が幹次郎を待ち受けていた。

「なんぞ出来（しゅったい）しましたか」

四郎兵衛が頷き、仙右衛門は幹次郎に反問した。

「春慶院で讃岐楼の抱えだった音葉に会ったそうですな。どんな様子でした」

幹次郎はただの話ではない、御用だと考え、あの日の様子を詳しくふたりに話した。

四郎兵衛が興味を持ったのは音葉の携えていた二通の文だった。

「一通は手にし、もう一通は胸元に差し込んでいたのですな」

「たしかにふたつの文を持参しておられました。手にした文はしっかりと震える手に握り締めておられました」

「胸元の文はどうです」

「こちらは封をしてあったと見えました」

四郎兵衛は仙右衛門に頷き返した。

「音葉と仲がよかった青葉こと智恵が自死した話、長吉から聞かれましたな」

「惚れた客に袖にされて剃刀を持ち出されたとか」

「神守様から音葉の墓参りの様子を聞かされていたところに事件が起こりました」

四郎兵衛が用件に入った。

「吉原では松の位の太夫でもその身を金子で買うことができます。また官許のこの遊里では客と遊女の間にまことを通すことを粋、通と申します。通な客は惚れた遊女に操を立てます。遊女のほうでは男に対して、まことを示す証しに『心中立て』をしてみせたりします。心中立てには、放爪、誓詞、入墨、切指、断髪、貫肉の六つがございます。この六つの中でよく行われるのは誓詞、入墨、切指でしょうかな。誓詞は起請文のことで、年季明けに夫婦になることを誓うものでした。ところが、起請文はこの里では七十五枚までは神仏が許してくれると考えられておりましてな、遊女が客を呼ぶ手練手管のひとつです、まじに受け取る馬鹿はいません。入墨は二の腕や指の間に客の名を彫り込んで最後に命という言葉を加えます。切指は文字通り小指を切ることですが、遊女がそれでは商いになりません。そこで客に飴細工の指などを渡します。心中立てはまことの心中ではありません、まあ、一種の遊びです。だが、遊びであるがゆえに客はひとりの遊女のもとへ通い、この掟を守ります。もし吉原で浮気をすると朝帰りの客を捕まえて、伏勢という仕置きを致します」

　四郎兵衛に代わり、仙右衛門がさらに話を進めた。

「青葉は新右衛門町の太物問屋伊勢辰の番頭忠三郎と入墨を交わす仲にございました。忠三郎は年季明けの青葉を嫁に迎えると誓詞も差し出し、青葉もそれを信じて尽くしてきた。ところが忠三郎め、揚屋町の梅が枝楼の静香に鞍替えした、ところまではよくある話です」

仙右衛門は一旦話を切り、呼吸を整えた。

「昨日の夜明け、忠三郎の骸が首尾の松近くで見つかりました。胸を小刀で突かれて、河岸か舟かのどちらかから川へ投げ落とされた様子だったとか」

「音葉さんがなんぞ関わりあると申されるので」

幹次郎は四郎兵衛と仙右衛門の顔を交互に見ながら訊いた。

「町方からこの殺しの話を聞いた後に長吉から音葉の墓参りを知らされましてねえ、なんとなく気になったのです」

「七代目は音葉さんが青葉さんの仇を討ったと申されるので」

「女郎が客に浮気される度に仇討ちをしていてはきりがありません。だが、音葉がわざわざ川崎宿から出てきたことが気にかかった。そこで番方に命じて、讃岐楼に問い合わせたのです」

と四郎兵衛が言った。

「するとです、忠三郎、青葉と入墨、起請を交わしただけではなく、どうやら青葉が身を売って貯めていた金子を使い込んだ様子なのです。讃岐楼では青葉が死んだあと、部屋を探したがどこからも見つからなかったそうです。となると忠三郎に預けた可能性が一番高い」

「預けた金子はいくらにございますな」

「青葉は客筋が悪くございません。それに地味な女でねえ、少なくとも二十三、四両は貯めていたはずだと女将さんも主どのも申すのです」

「七代目、番方、青葉さんは死ぬ前にすべてを音葉さんに文で知らせていたと考えておられるのですか」

幹次郎は、無縁墓地の前で音葉がしっかりと握り締めていた文を思い出しながら訊いた。

「そうとでも考えなければ、吉原を離れた音葉が忠三郎のことを知るわけもございませんや」

四郎兵衛が答え、

「握っていたのが青葉の文、胸元に差し込んであったほうがもし忠三郎を呼び出す文だったとしたら、どうなりますか」

「それがしにどうせよと申されるので」

「神守様、吉原会所は町奉行所ではございません。遊里の外の騒ぎにまで首を突っ込む謂れはない。だが、青葉と忠三郎、ふたりの男女が死んだのだ。われらの推量通りなら、その真相を摑んでおきたいと思いましてな、神守様をお呼びしました」

「川崎宿に行けと申されるのですね」

「長吉をつけます。音葉に会ってくだされ」

「なんぞ七代目には懸念がございますので」

「忠三郎殺しを手がけておりますのが、浅草黒船町の御用聞きで泥亀の竹造って野郎でございましてな。銭になるとみるとお上の威光を笠に着てぴたりと喰らいついて離れません。こいつに泣かされた者は数知れずだ、こいつが川崎宿まで出張るとなると厄介にございます」

「……」

「神守様、吉原から身請けされる女は幸せ者です、数少ないのです。そんな運を引き当てた女が不幸に落ちてはなりませぬ。里を出た女を守るのも会所の務めです」

「承知しました」

四郎兵衛の考えを察した幹次郎は即座に承知した。

幹次郎が吉原を出る前に長吉と讃岐楼を訪ねたのは、ふたつのことを知りたいと思ったからだ。

ひとつには讃岐楼に出入りの文使いがだれか。ふたつ目は川崎宿に身請けされた音葉の住まいはどこかということだった。

讃岐楼の女将の江津は文使いが正五郎と教え、

「なんでおまえさん方が川崎宿まで飛ぶか分からないよ」

と不安げな顔をした。

「女将さん、七代目の命で動くんだ。音葉を不幸に落とす真似だけはしないよ」

と約定した。

「七代目の直の御用なら野暮なことはすまい」

とようやく納得した江津が、

「音葉はうちでの源氏名、本名はお光ですよ。身請けしたのは小梅村の植繁の親方のもとで修業していた寛九郎って職人でねえ、川崎宿に戻り、家業の植木屋を継ぐことになっていましたのさ。その折り、馴染だったお光を身請けして川崎宿に連れ帰ったのですよ。長吉さん、お侍、お光が吉原の女郎をしていたことは内緒だ。くれぐれも吉原のことは川崎宿で仄めかさないでおくれな」

と改めて釘を刺し、寛九郎の実家は宿の東の外れ、川崎大師（かわさきだいし）で知られる平間寺（へいけんじ）の前だと教えてくれた。

「助かった」

「長吉さん、くれぐれもうちから出た女だ。不幸にしないでおくれな」

辞去する際、江津は重ねて念を押した。

讃岐楼を得意先にする文使いの正五郎の長屋は揚屋町の裏路地にあった。

正五郎は初老の男で独り箱膳（はこぜん）を前に酒を呑んでいた。

「おや、長吉さん、なんだい」

「父つぁん、のんびりしたところをすまないがちょいと思い出してくれ」

と長吉が用件を述べた。

「なにっ、青葉さんは死んだってかえ。どうりで近ごろ、文使いを頼まれねえと思ったよ」

そう言った正五郎は目やにのこびりついた目を潤ませた。

「青葉さんはよ、おれみてえな爺の文使いにも優しい女郎さんでな、使い賃の他にいつも二文、三文と上乗せした上に客からもらったという刻み煙草なんぞをくれたよ。その女郎さんが死んでしまったって」

正五郎は悲しげに呟いた。

「父つぁん、三月以上も前のことだ。青葉から客じゃねえところに文使いを頼まれなかったか」

しばらく長屋の壁の雨染みを見ながら考えていた正五郎が、

「そうだ、飛脚屋に文を持っていったな」

「相手はだれか覚えていなさるか」

「相手先は女だったな。飛脚屋が、川崎宿か、と言いながら飛脚賃を勘定していたから、川崎宿だな」

「正五郎どの、宛先はお光ではなかったか」

「そうだ、思い出した。お光さんに間違いねえや」

幹次郎と長吉は頷き合った。

幹次郎は一旦左兵衛長屋に戻った。

「姉様、急に旅に出ることになった」

「御用旅ですか、どこまでです」

「遠くはない、今晩じゅうに着こう。川崎宿だ」

幹次郎は春慶院で出会った音葉ことお光に降りかかった疑いを告げた。

汀女はしばらく言葉を発することなく考えていた。

「幹どの、四郎兵衛様は吉原を出た女も守るのが会所の務めと仰ったのですね」

「間違いなくそう仰られた。そして、始末はそれがしに任された」

「幹どのはお光さんが忠三郎を手にかけたと考えておられるか」

「もしそうだとするならば余程の事情があってのことと思われる。青葉さんを袖にしたのは遊里の中の男と女の営み、致し方もなかろう。だが、身を削って貯めた金銭まで使い込んで、青葉さんを絶望させたとなると、殺しても飽き足らぬ男だ」

汀女が頷いた。

「幹どの、旅仕度をひとりでしてくだされ」

「姉様はどうかなされるか」

「音葉様に、いえ、お光様でしたな、文を書きとうございます。幹どの、渡してくれますか」

「容易いことだ」

汀女は二階に上がり、硯箱の蓋を開けたような音をさせた。

幹次郎は夜旅になることを考え、古びた道中袴と羽織を引き出し、足袋と草鞋を用意した。さらに道中嚢を出した。そこにはいつでも旅立てるように着替えの下帯、手拭い、鼻紙、懐紙、矢立、予備の草鞋、それに路銀などが入っていた。あとは江戸の研ぎ師が豊後の刀鍛冶、行平の作と見立てた無銘の剣と脇差を腰に差せば、旅仕度はなった。

行平は後鳥羽上皇の二十四番衆の刀鍛冶のひとりで、師は定秀だ。

妻仇討の追っ手にかかる十年の流浪を続けてきた幹次郎だ、旅の仕度など手馴れたものだ。

長屋の戸が叩かれた。

「長吉どのか、入られよ」

会所の長半纏を裏に返して着て、袷の裾をたくし上げ、後ろの帯に挟み込んだ長吉が戸を開いた。

「すまぬが、ちと待ってくれぬか。姉様が昔の弟子に文を書きたいと申してな」

「お光さんは汀女先生の門弟でしたか」

「たった一回こっきり手習い塾に通っただけだそうだが、師匠と弟子であることには間違いあるまい」

頷いた長吉が声を低めて、

「泥亀の竹造がどうやら忠三郎と青葉のことを探り出したらしく、先ほど讃岐楼に訊き込みに来たそうです」

「競争になるな」

幹次郎が二階を見上げたとき、階段が軋んで、汀女が封をした書状を手に姿を見せた。

「長吉さん、お光さんのこと、よろしゅう頼みます。弟子を泣かせる真似はしたくはございません」

幹次郎は汀女の文を背負い慣れた道中嚢に包み込み、肩に斜めに負った。

「姉様、留守、くれぐれも用心なされよ」

「幹どのも長吉さんも道中ご無事に」

汀女に送られて、ふたりは左兵衛長屋を出た。

七つ半（午後五時）の頃合か、旅をはじめるには遅い刻限だが泥亀の竹造のことを考えれば致し方なかった。

ふたりは江戸の日本橋からほぼ四里半（約十八キロ）先の川崎宿へと足を早めた。

四

東海道の第一の宿場は言わずと知れた品川宿だ。日本橋からほぼ二里（約七・三キロ）の距離にあった。

宿場の通過は六つ半（午後七時）前、東海道を下ってきた旅人を飯盛女が袖を引いて引き止めようとするのを横目に幹次郎と長吉は北品川宿を過ぎ、目黒川を渡った。南品川宿に入ったところで長吉が、

「神守様、ここらで飯を食っていきませぬか。川崎宿に着く時分には飯屋も店仕舞いだ」

「渡しは大丈夫かな」

幹次郎は六郷川の渡し舟を心配した。

「とっくに渡しは終わってまさあ。だが、ちょいとした抜け道がないこともねえ」

東海道筋、江戸の南の守り六郷川には天明期、橋は架けられてない。渡し舟が人馬物品を渡す手段である。川役所があって川役人が監督する渡し舟は六つ（午後六時）の刻限には終わっていた。

「ならばどこぞで飯を食して参ろうか」

ふたりは街道筋に馬方や駕籠舁き、旅人相手の煮売り酒場を兼ねた一膳飯屋の縄暖簾を見つけて入った。

急ぎ旅だ。

品川の海で採れた太刀魚の煮魚、里芋の煮つけ、豆腐の味噌汁で丼飯を搔き込み、長吉がふたり分の銭を払ってふたたび街道に出た。

南品川宿を出ると急に人の往来が少なくなった。すでに旅人は旅籠に入って、夕餉を終え、そろそろ寝に就こうかという刻限だ。

ふたりは冷たい海風の吹く東海道を鮫洲、浜川、鈴が森、不入計村、八幡塚村、大森村、蒲田村、新宿村、雑色村を経て、六郷の土手に出た。

ふたりの正面から川風が吹き上げてきた。

長吉は六郷川の土手沿いに河口へと幹次郎を連れていった。

土手を下ること四半刻（三十分）、海が見える辺りの網小屋の戸を長吉が叩き、

「父つぁん、吉原会所の長吉だ」

と潜め声をかけた。するとしばらくして戸が開き、若い男が顔を出した。

「起こしてすまねえが、階造の父つぁんはいねえかえ」

「親父なら海でおっ死んだぜ、去年の夏前のことだ」

「そいつは知らなかった」

と驚いた長吉が、

「おまえさんは階造父つぁんの倅かえ」

「ああ、稲八郎だ。夜渡りかえ」

「向こうまで渡してくれめえか」

「会所とあらば仕方ねえ」

稲八郎が直ぐに仕度にかかった。

幹次郎と長吉は河原の闇で待った。

「足抜した女郎を夜っぴいて追いかけることもございましてねえ、江戸から出る街道筋の舟渡しには昔からこのような知り合いを作ってございますので」

この時分の川柳に、

「女のかけおち六郷さして行き」

というのがある。無論この場合の女は遊女を指すだけではあるまい。ともかく江戸抜けの最初の難関が川渡しだった。

漁師舟が引き出され、ふたりは無言の裡に乗り込んだ。

舟が流れに押し出され、一、二度棹(さお)が使われたのち、櫓(ろ)に変わった。

昼間なら川渡し賃十三文のところを長吉は二分金を包み、

「稲八郎さん、親父様の仏前(ぶつぜん)に供(そな)えてくれまいか」

「親父を覚えていてくれる人がいて、あの世で喜んでいようぜ」

と答えた稲八郎が快く受け取った。

「江戸に出てくる折りには吉原に顔を出しねえな。気立てのいい遊女の面倒をみるぜ」

と言葉を添えた。

「小うるさい親父が死んだら、道楽(どうらく)も面白くなくなった。変なものだぜ、長吉さん。だが、花のお江戸の吉原では一度くらい放蕩(ほうとう)してみたい。そのうち、会所に顔を出す」

「待っているぜ。気をつけて帰りなせえ」

ふたりは夜半前になんとか川崎宿の外れに辿り着いていた。品川宿からほぼ二里半（約九キロ）だが、川渡しで大きく時を食っていた。

川崎宿は久根崎村、新宿村、砂子村、小土呂村を合わせて一宿とし、せいぜい百五十戸程度の寒村だった。それが寛永十二年（一六三五）に参勤交替の制が敷かれてのち、宿駅は百人・百疋の人馬負担を命じられ、本陣もできていた。

目指す川崎大師の平間寺は、川崎宿を流れる川に架かる夫婦橋からさらに半里（約一・八キロ）ほど東に行った大師河原にあった。

ふたりの足は休みなく動かされて、平間寺の門前まで一気に到着していた。

空の月から判断して九つ半（午前一時）か。

門前には三軒ほど百姓家が連なり、どこもが百姓と植木職を兼業しているようで、どれが寛九郎とお光の家か分からない。敷地は森のような林を含めて広く、母屋や蔵や納屋が樹木の間に点在していた。

川崎大師と呼び習わされた平間寺は、

「大師河原平間寺――武州橘樹郡川崎郷大師河原村にあり、真言宗新義、別当を金剛山金乗院といふ」

と『東海道名所図会』は記す。

「朝を待つしかございますまい」

長吉が平間寺の境内を顧みた。

「そう致そうか」

ふたりは山門を潜り、川崎大師の本堂へと向かった。

幹次郎は本堂の前で頭（こうべ）を垂れて、一夜の宿（やど）りを乞（こ）うた。そして、腰から剣を抜くと階段を上がり、回廊に腰を下ろして、夜が明けるのを待つことにした。

長吉は長半纏に埋まるようにして本堂の壁に背中を預けて、目を瞑（つむ）った。

江戸から歩いてきたせいで体は汗をかくほどに温かかった。そのせいか、長吉は直ぐに鼾（いびき）をかいて、眠りに就いた。

幹次郎も胡坐（あぐら）をかいて両目を閉ざしたが、なかなか眠りはやってこなかった。

一度だけ春慶院で見た音葉の風貌（ふうぼう）を思い浮かべた。

同じ時期、吉原にふたりの娘が売られてきた。

お光と智恵が大門を潜り、惣半籬の讃岐楼に一緒に籍を入れた。そのとき、十五、六歳の娘だったという。音葉、青葉と源氏名をもらったふたりは年季が明けるのを楽しみに吉原の暮らしに馴染んでいった。

惚れた男がふたりの運命を分けた。

音葉は植木職人寛九郎に落籍され、もうひとりの青葉は番頭の忠三郎に、貯めていた金子を騙し取られて浮気までされた。

青葉が死を覚悟したとき、一緒に吉原の大門を潜って出ようと誓っていた音葉ことお光にすべてを言い残して死んだ、と推測された。

お光は川崎宿から江戸に戻り、春慶院の無縁墓地に詣でた。そこに朋輩の青葉こと智恵が眠っていたからだ。

汀女と幹次郎はその姿に接していた。

そのとき、お光は青葉の仇を討つつもりで無縁墓地に話しかけていたのか。

遊女仲間とはそれほど情愛が濃いものか。

もしお光が忠三郎を殺したとしたら、幹次郎はどう始末をつければよいのか。

そのことに思いを巡らした。

忠三郎が推測通りの悪なれば、仕置きを受けても致し方あるまい。だが、その仕置きができるのは町奉行所のみだ。

青葉は自ら剃刀で手首を切っていた。忠三郎に罪咎があるとしたら、青葉が貯めていた二十数両の金子を騙し取ったことだろう。だが、忠三郎が、

「青葉が呉れた金子だ」

と言い張れば、どうにもならなかった。

お光はそのことも考えた上で忠三郎を呼び出したのではないか。

（まずはお光に会い、真相を訊くことだ）

幹次郎は改めてそう考えた。

じっとしていたせいで汗が引き、寒くなった。だが、長吉の寝息に誘われるように幹次郎も浅い眠りに落ちていた。

どれほど眠り込んでいたか。

寒さに目を覚ました。すると薄い靄（もや）が流れる未明の境内に、
ぼうっ
と薄い紅色の蕾が浮かんで、桜の匂いが漂う錯覚を覚えた。

平間寺（ひらまでら）　朝を待つ身に　初桜
初桜は、初花ともいう。その春に初めて咲く桜のことだ。

脳裏に下手な腰折れが浮かんだとき、女の悲鳴が聞こえたと思った。

長吉も目を覚ました。

幹次郎は立ち上がっていた。

ふたりは無言の裡に回廊から階(きざはし)を一気に跳んで山門を走り出た。

寛九郎とお光は寝間(ねま)からいきなり引きずり出され、広い敷地の一角にある納屋に連れていかれた。

灯りがぼうっと点(とも)されて、ひとりの男が空の漬物樽に腰を下ろし、煙草を吹かしていた。

寛九郎は襟首を捕まえているのがふたりの浪人剣客とようやく認めた。

(押し込み強盗か)

と思ったが寛九郎の家は百姓と植木屋を兼職してようやく暮らしが立つ程度の家だ。押し込みが入るわけもないと思い直して煙管の火を土間に叩き落とした町人を見た。

歳の頃合は四十過ぎか。

四角張った顔、げじげじ眉の下に眠ったような両目があった。

「お、おまえさん方はなんだい」

寛九郎が叫んだ。

げじげじ眉の男が悠然と腰から煙草入れを抜き、煙管を戻した。

そのとき、前帯にこれ見よがしに差し落とされた十手を見せた。

「おれは御用聞きに捕まるような悪さはしてねえぞ！」

「寛九郎、おまえに覚えがなくとも吉原の女郎だったお光に覚えがあるとよ」

眠ったような目が光って、お光を射た。

「親分さん、うちのお光にかぎって」

「江戸は御蔵前に一家を構える泥亀の竹造の目を誤魔化そうたって、到底無理な話だぜ。なあ、お光、いやさ、音葉」

竹造がお光を見た。

「親分、この界隈の人はお光が吉原にいたことなど知らないんだ。大声を上げないでくだせえ」

「寛九郎、植木職人のおめえがよくも女郎の身請けの金を持っていたな」

「そんなこと親分さんに関わりがないことにございましょう」

「お上の調べにはすべて関わりがあるんだよ」

「私が貯めていた八両と死んだ親父が残してくれた十三両、それにお光が稼ぎ貯めた金子で讃岐楼の旦那にお支払いしました。証文もございます、なんなら讃岐楼の旦那に訊いてくだせえ」

「寛九郎、だが、ただ今のお調べはお光の身請けの金のことじゃねえや。江戸の太物問屋伊勢辰の番頭忠三郎殺しの疑いがお光にかかっているんだよ」

ひえっ
という驚きの声を寛九郎が漏らした。

寝着の襟を片手でしっかりと摑んだお光は真っ青な顔で震えていた。

「お光がなんで知りもしない太物問屋の番頭さんを殺すんですよ」

「寛九郎、つい最近、おまえの女房は家を空けたな。そんとき、吉原に舞い戻り、朋輩だった青葉こと智恵を自死に追い込んだ忠三郎を文で呼び出し、刺し殺して大川（隅田川）に投げ込んだのだよ。まあ、女郎仲間の仇討ちかねえ」

「女のお光がそんなことをできるものですか。それに朋輩の仇をなんでお光が討たねばならないのですか」

「そこだ。おめえの女房と青葉こと智恵は讃岐楼に入ったのも一緒なら、売られてきた経緯も似ていやがった。そこでふたりは姉と妹のように親しくなって、大門を出るときは一緒と誓い合うほどに仲良くなったと思いねえ。だが、音葉と青葉の道は違った。おめえに落籍されたお光は川崎宿で若女房に納まったが、青葉は忠三郎に浮気をされた挙句に貯めていた金子まで騙し取られた」

寛九郎がお光を見た。

「お光、智恵は恨みを呑んで死んだんだったな。お光、おめえはその仇を討った、そうなのか、そんなわけねえな」

震えていたお光が顔を上げて、

「おまえさん」

と言うと視線を泥亀の竹造に向け、

「親分さん、うちの人にはなんの関わりもございません。江戸に私を連れていってお調べを願えますか」

と乞うた。

「よう言った、お光。だがな、おめえを江戸に連れ戻し、お白洲に引き出したとして、忠三郎の命は戻ってくるかえ。悪の番頭がひとり死んだだけの話よ」

寛九郎とお光の顔に迷いが生じた。

「おまえがやった殺しの筋書きはおよそおれの胸に描かれているんだ」

と言い切った竹造が、

「寛九郎、おめえの女房の命、助けねえでもねえ。といってお光の身請けに金子を使い果たして、蓄えもねえだろう」

「親分さん、金なんぞありませんよ。あとは家屋敷だ」

と寛九郎が叫んだ。

「家屋敷を叩き売っても大師河原じゃあ、二束三文だぜ」

「はっ、はい」

「寛九郎、お光の身柄、おれが預かろう」

「どうすると申されるので」

「吉原に戻すわけにもいくめえ、品川か内藤新宿の女郎屋に叩き売る。それで今度の一件、忘れようか」

「おまえは十手持ちじゃねえな」

寛九郎が叫んで立ち上がろうとした。

竹造がいきなり前帯の十手を抜くと寛九郎の額を殴りつけた。

わあっ
悲鳴を上げた寛九郎が叩かれた額を手で押さえた。

手の間から血が噴き出した。

「おまえさん」

お光が亭主の体に飛びついた。

「せいぜい亭主の肌身を感じておきねえ。今晩からまた他人様の体に縋りつく女郎の暮らしに舞い戻るんだ」

「嫌です、あの暮らしに戻るのは嫌だ！」

と叫んだお光が寛九郎に取り縋った。

「ならば白洲に引き出されて三尺高い獄門台に首を晒すか。泥亀の竹造が慈悲をかけているのが分からねえか！」

と啖呵を切り、

「先生方、夜が明けきらねえ前にこの家を出るぜ。女を男から引き剝がしねえ」

と命じた。

そのとき、納屋にふたつの影が入ってきた。

「泥亀の竹造、おめえもかなりの悪だな」

吉原会所の長半纏を着た長吉が懐に片手を突っ込み、吐き捨てた。

「おめえは」

「吉原、四郎兵衛会所の者だ」

「廓内の諍いじゃねえや。なんで川崎くんだりまでのしてきやがった」

「それを言うならおめえも一緒だ。江戸の十手持ちが御朱引の外、六郷川を渡りやがった。さっきから聞いていりゃあ、おめえの御用はお上のものじゃねえ、自分の懐を肥やそうとしてやがるだけだ。そんな野郎はお天道様が許されないんだよ」

「糞ったれが」

竹造が空樽から立ち上がり、

「先生方、仕方ねえや。こやつを片づけるのが先らしいぜ」

と幹次郎を顎で指した。

納屋の片隅に控えていた浪人剣客ふたりが無言の裡に剣を抜いた。

その動きには泥亀の竹造の命で手荒い仕事をしのけてきた様子がみえた。

幹次郎は納屋の広さを見回し、ふたりに向き直った。

「なんぞ言い残すことはないか」

幹次郎の口からこの言葉が出た。

「大言しおって」

幹次郎の右に位置した剣客が刀を床につくほど低く構えた。

もうひとりは正眼の構えだ。

間合は一間（約一・八メートル）。

その対峙を長吉と竹造は睨み合いながら、そして、寛九郎とお光のふたりは思わぬ展開に呆然としながらも見守っていた。

幹次郎の腰が沈んだ。

「えええいっ！」

地摺りの剣客の気合にもうひとりの仲間が反応して正眼の剣を引きつけながら、幹次郎に向かって飛び込んできた。

幹次郎が踏み込みながら、腹前に置いていた刀の柄に手をかけた。

光が奔り、円弧を描いた。

「横霞み」

その声が幹次郎の口から漏れたとき、突進してきた相手の刀を掻い潜り、無銘の刀ながら、江戸の研ぎ師が豊後行平と見た豪剣が相手の腹部を深々と斬り割り、横手に飛んで、もうひとりの浪人の地摺りに刀を合わせると弾き返して、肩で相手の胸を突いていた。

間合が開いた。

その直後、

「浪返し」

の言葉が吐き出されて、よろめき下がる相手の首筋を虚空で回した剣で、

ぱあっ

と刎ね斬っていた。

納屋の空気が一瞬凍りつき、

どさり

とふたり目が斃れ込んだ。

「なんてこった」

と驚きの声を発した泥亀が逃げ道を探した。

その隙に長吉が体をぶつけるように迫ると懐の片手を抜き出し、匕首を煌かせると竹造の胸に突き立てていた。

げええっ

竹造が立ち竦み、片手から十手が落ちた。

長吉が匕首を抜くとよろよろとよろめいた御用聞きが土間に横倒しに倒れ込んだ。

幹次郎が血振りをくれた。

「おまえ様は汀女先生の……」

とお光が言った。

「吉原会所に世話になる神守幹次郎にござる」

「どうしてここへ」

「七代目の命でねえ、吉原を出た者の暮らしを守るのもわっしら、会所者の仕事なんでな」

長吉がきっぱりと答えた。

「長吉さん、私は、私は……」

と泣き出したお光は涙を振り払うように説明を始めた。

「忠三郎さんは青葉さんが貯めた金子二十八両を騙し取った上に梅が枝楼の静香に鞍替えなされました。それを苦に青葉さんは自死をされましたが、その前に文を寄越して、できることなら一日でよい、お光さんのように遊里の外の暮らしがしたかったと訴えてこられました」

とお光が早口で言った。

「お光さん、昔の朋輩の仇を討つために女のおめえさんひとりが太物問屋の番頭を呼び出し、刺し殺したと言いなさるか」

「はい」

とはっきりと返事をしたお光が忠三郎を文で呼び出した経緯と刺した曰くを語った。その上で、

「理由(わけ)はどうであれ、人ひとりを殺したのはたしかです。長吉さん、私を番屋(ばんや)に連れていってください」

「馬鹿を言っちゃいけねえぜ、お光さん」

お光がさらになにかを言いかけたのを制した長吉が、

「それは夢だねえ、忠三郎を刺し殺したのも春慶院で汀女先生と神守の旦那に会われたのも夢なんだ。寛九郎さんに落籍されてのち、吉原には一度たりとも足を向けちゃあいねえ」

「そんな……」

「お光さん、吉原の勤めも夢だぜ。寛九郎さんと幸せに暮らしなせえ、青葉の分もねえ。こいつが大事なことなのさ」

と長吉が言った。

「もう夜が明けていらあ。いつもの暮らしに戻りなせえ、ご近所の人が怪しまあ」

「ち、長吉さん、お侍……」

「この通りだ」

寛九郎とお光が両手を合わせてふたりの吉原者を拝んだ。

「お光さん、これを」

幹次郎はお光に汀女から託された文を渡した。

「汀女先生の文にございますか」

「なにが書かれているかは知らぬ。そなたの身を案じてのことであろう」

「有難く読ませていただきます」

お光が封書を押しいただき、長吉がふたりを納屋から追い立てた。

「神守様、さてこやつらをどうしたものかねえ」

「さて、どうしたものかな」

と言い合ったふたりは思案を巡らした。

第三章　天紅の文

一

神守幹次郎と長吉が五十間道を下っていくと吉原には灯りが点り、どこからともなく清掻の調べが響いてきた。

夕暮れの刻限、大門にはいつものように遊客たちが群れをなして、植え込まれた桜見物か、はたまた張見世の華を冷やかして歩くのが目的か、仲之町へと高揚した気分を背に見せて、ぞろぞろと入っていこうとしていた。

雪洞の灯りに照らし出された桜の枝の先に一輪二輪と花が咲き始めているのが見えた。

「寒い寒いと思うていましたが桜は正直だ。初花が咲いていますぜ」

長吉の言葉には吉原に戻ってきた感慨が込められてあった。

わずか一昼夜の旅だが、物心ついたときから官許の遊里を遊び場にしてきた長吉には鉄漿溝と高塀に囲まれた二万七百余坪が居心地のいい、

「故郷（うち）」

だった。

「戻ってきたな」

と答えた幹次郎も虚飾（きよしよく）と虚言を張りと見栄と粋に置き換えて生きる吉原の大門を懐かしく感じながら潜った。

仲之町の向こう、桜の下には花魁道中が姿を見せて、いつもの仲之町よりも艶やかだった。

一輪の　花が夢見る　長柄傘（ながえがさ）

またも下手な腰折れを浮かべながら幹次郎は江戸町一丁目へと曲がり、讃岐楼と和泉楼の間から路地へと潜った。すると見張りの老婆が、

「おや、旅仕度でどこぞに行きなさるか」

と声をかけてきた。

「帰ってきたところだ」

「それはご苦労さん」

路地の闇を抜けて裏戸から土間へ入った。すると表から会所に戻っていた長吉が濯ぎ水を運んできて、

「神守様、まずは足を濯ぎなせえ。七代目がお待ちかねだ」

と言った。

幹次郎は腰の剣を抜くと上がり框に置き、道中嚢を背から解いて、

「使わせてもらおう」

と応じていた。そこへ若い衆の宮松が長吉の濯ぎを運んできた。

ふたりは上がり框に並んで腰をかけ、草鞋と足袋を脱ぐと埃を濯ぎ水で流した。

「神守様、長吉さん、これを使ってください」

宮松がふたりに真新しい手拭いを差し出した。

「すまねえ、宮松」

足先を綺麗に拭ったふたりは御用旅が終わった気分になった。だが、四郎兵衛

に報告してようやく御用は完了するのだ。

幹次郎は剣と旅の荷を手に奥座敷に向かった。

「七代目、ただ今戻りました」

廊下から声をかけた長吉に、

「ご苦労さんでした」

と番方の仙右衛門が障子を開いて、座敷に招じ入れた。

「無事に済みましたかな」

四郎兵衛が静かに問い、ふたりの顔色を探るように見た。

長吉が報告し、こう締めくくった。

「お光は文をやって忠三郎を店から呼び出しておりました。やはり神守様と汀女先生が春慶院の無縁墓地で見た、襟元の文でしたよ。忠三郎はお光に呼び出されても慌てる様子もなく、吉原の話ならば吉原で話したいと言葉巧みにお光を顔見知りの船頭の屋根船に誘い込んだそうです。そうしておいて首尾の松の河岸で船頭を追い立て、ひとりになったお光を手籠めにしようとしたというのです、その後、殺して大川に流すくらいの心積もりだったと思えます。お光は必死の思いで背の帯に隠し持ってきた小刀を使い、忠三郎を突き刺したそうです。そうしておいて、大川に放り込み、屋根船を抜けると夜の東海道を川崎に逃げ戻ったとわっしらに泣きながら話しました」

「太物問屋の番頭め、殺されて当たり前の了見ですねえ」

と答えた四郎兵衛が、

「船頭のほうから、この話が漏れる心配はないかな」

と訊いた。

「崩橋の船宿潮風の船頭太介と申しております。これまで口を噤んでおるところをみると、こいつも忠三郎同様の悪と思えます。まずはこれからも知らぬ顔の半兵衛を決め込みましょう」

と長吉が答えた。

「番方、念のためだ。こいつの身辺を洗ってくれませんか。折角神守様と長吉がお膳立てしたお光の暮らしが崩れてもなりませぬ」

「畏まりました」

と仙右衛門が承知した。

「泥亀の竹造と用心棒ふたりは、まあ、生きていて世の中の為になる奴ではない。竹造がいないとなれば赤飯を炊く家が何軒もありましょう」

四郎兵衛が川崎行に話を戻した。

「七代目、三人の口を塞ぐしかお光と寛九郎の暮らしを守る術はございませんでした」

長吉が言い切った。

「それにしても桜の木の下に穴を掘って泥亀らの死体を埋葬しましたか」

「へえ、なにしろ植木屋です、広い敷地の一角に深い穴を掘って埋めるのが手っ取り早いかと、寛九郎に相談しますと死体の三つや四つどこへでも埋められますとふたつ返事です。本職の寛九郎が穴を掘るのを手伝ってくれましたので、昼過ぎには大きな穴を掘り、埋めることができました」

と長吉が後始末を報告した。

「とは申せ、墓石を建てるわけにも参らず、老桜が泥亀の竹造らの墓石代わりにございます。二、三日もすれば満開の桜が咲き揃いましょう」

幹次郎も言い添えた。

「泥亀め、死んで老樹の桜の下に眠りますか。悪党には勿体ないような墓所だ」

「お光さんがそのことを聞いて、いくら悪の御用聞きでも死んだら仏様、菩提は弔いますと約束してくれました」

と幹次郎の説明を聞いた四郎兵衛がようやく安堵の表情を見せて、

「神守様、ちょいとお待ちを。讃岐楼に参り、仏壇にこのことを報告してきますでな、青葉もようやく成仏できましょう」

と立ち上がった七代目が座敷から出ていった。

四半刻も待ったか。手に角樽を提げた四郎兵衛が戻ってきた。

「讃岐楼の主も女将も涙を流して喜んでくれましたよ。音葉と青葉はうちの米櫃になると思ったが、ひとりは身請けされ、ひとりは命を絶った。ふたりして年季半ばでいなくなるなんて考えもしなかったと仏壇の前で感慨深げでした」

と讃岐楼の様子を報告した四郎兵衛が、

「女将の江津さんがな、会所のお侍にお清めの酒だと申して寄越してくれました。これは刀の研ぎ料だそうです」

と懐から紙包みを差し出して、幹次郎の前に置いた。

「四郎兵衛様、会所から給金をいただいての御用にございます。それ以上の斟酌は無用に願います」

「神守様、妓楼の主を忘八と陰で呼ぶことがございます。忘八とは、孝、悌、忠、信、礼、義、廉、恥の八つの人の道を忘れるほどに罪深い職が妓楼の主というわけです。ときに忘八には女郎たちが泣き叫ぶ声をも平然と無視する冷酷非情と利に敏い才知が要ります。だがな、妓楼の主も女将も人の子です、讃岐楼のように心から音葉の幸せと青葉の菩提を思っている主もおりますのさ、こいつは讃岐楼の気持ちだ。お受けなさい」

と言われて幹次郎は押しいただいた。

左兵衛長屋に戻ると汀女は行灯の灯りで手習い塾の門弟、遊女たちの文を添削していた。

「幹どの、お早い戻りでございましたな。早くて明日かと思うておりました」

「御用が済めば、川崎宿は江戸とわずか四里半（約十六キロ）の地です」

幹次郎は提げていた角樽を見せて、讃岐楼からのいただきものだと差し出した。

「腹を空かせておられるようだ。もはや湯屋は終わっております、井戸端で汗を流して参られませ。その間に夕餉の仕度をしておきます」

幹次郎は大小を汀女に渡し、道中嚢を下ろすと羽織と道中袴も脱いだ。手拭いと桶、草履を持って井戸端に行った。

肌脱ぎになった幹次郎は、釣瓶で水を汲み上げ、顔と手足を洗い、新たに替えた水で首筋から背中、胸、腹を拭ってさっぱりとした。

「おや、湯屋に行きそびれたかえ」

洗い物に来た長屋の女房が声をかけた。

「ちと御用で六郷川の向こうに参ったのだ」

「それはご苦労だったねえ」

幹次郎が長屋に戻ると長火鉢の鉄瓶に燗徳利が立っていた。

「讃岐楼様からいただいた酒は伏見の下りものですよ」

「酒の香がなんともいえぬな」

長火鉢の前にはすでに膳が置かれ、猪口もあった。

「先にいただいてよいか」

「どうぞお好きになされ」

と台所で汁を温め直す汀女が振り向いた。そして、

「音葉様にはお会いなされましたか」

と訊いた。

「会った。もはや音葉様ではない、寛九郎の嫁のお光さんでな、別れ際に姉様が文に書かれたご忠言は生涯忘れませぬと申されておったぞ。どのようなことを書

かれたな」

「それは女同士の秘密にございますよ」

と汀女が謎めいた笑いを返した。

汀女はもし青葉の仇を討ったのであれば固く口を閉ざして秘密を守り抜け、それが女の幸せに繋がると書き綴ったのだ。

「幹どの、お光どのは幸せになれますな」

「幸せにならぬと長吉どのと汗を流した意味がないわ」

幹次郎は鉄瓶から燗徳利を取り上げ、猪口に注いだ。

「ちと熱くなり過ぎたか」

独り言を言いながら熱燗を口に含んだ。

下り酒の香が口内に広がり、疲れを忘れた。

「姉様、江戸を立って以来、まともに眠っておらぬ。その疲れが一気に吹き飛んだぞ」

「なんと」

と汀女が笑った。

「大師河原の平間寺の回廊でうつらうつらしただけだ。夜明け前に寒さで目を開けると薄靄に桜の蕾がまさに花を咲かせんとして浮かんでおった」

「一句詠まれましたな」

「姉様にそう先を越されると披露するのがちとこそばゆい」

「披露なされませ」

「川崎大師はなんでも大治三年（一一二八）に元尾張の武士平間兼乗によって創建されたゆえ、功徳主の名を取り、平間寺と呼ばれるそうな。平間寺を平間寺と言い替え、朝を待つ身に　初桜という腰折れを詠んだ」

台所仕事の手を休めた汀女が虚空に視線を向けて、

「平間寺　朝を待つ身に　初桜」

と呟き、

「よい句です。情景が浮かびますぞ、幹どの」

と俳句の心得のない年下亭主の句を褒めてくれた。

「そうかのう、ただそのままのようだがな」

「幹どのと長吉さんの御用は決して生易しいものではございますまい。普通なれば、朝を待つ目に　初桜とするところを幹どのは朝を待つ身にとされた。そこに御用の非情と緊張が、お光さんの幸せを願う思いが描かれております」

「事情を承知の者しか分からぬ句だな」

「およそ句作は詠む人の心模様にございますれば、どう解釈なされようと自在にございます。私にはそのときの幹どのの気持ちがよう察せられます」

こう下手な句を褒め上げられては、「一輪の　花が夢見る　長柄傘」は披露しにくくなった。

汀女が煮魚、蕨の胡麻和え、豆腐とねぎの味噌汁を運んできた。煮魚は眼張だった。

「姉様も一杯いこうか」

「お光様の幸せを願いましょうかな」

猪口を持たせて、幹次郎が燗徳利を傾けた。

夜がゆっくりと更けて、その夜、左兵衛長屋にいつもより遅くまで灯りが残っていた。

翌朝、長屋の戸が叩かれた。

二階に寝ていた幹次郎は吉原でなんぞ出来したかと慌てて階段を駆け下りた。

すると背に大荷物を背負った甚吉が立っていた。

「幹やん、ちと早かったか」

「甚吉、何刻か」

「さてな、屋敷を明け六つ（午前六時）前に出たで、六つ半（午前七時）時分かな」

「まるで夜逃げじゃな」

「幹やん、屋敷奉公を解かれたのだ、慰労金も一文もなくな。夜逃げより悪いわ」

甚吉は所在なさそうな顔をしていた。

「それにしても早いぞ」

「夕べのことだ。突然用人どのが見えて、お長屋を今晩じゅうに明け渡せとの通告でな、致し方なかったのだ」

ふたりが問答を交わすところに汀女も起きてきた。

「夕べ遅く寝ましたのでいつもより遅くまで眠り込んでおりました。甚吉どの、まあ、お上がりなされ」

「言葉に甘えてしもうたが、姉様に迷惑はかからぬか」

「心配致すな、すでに甚吉の長屋は用意してある。じゃがいくらなんでもこれから引っ越し先に参るには早かろう。朝餉を食したのちに案内致す、まあ、上がれ」

「おれの住まいがあるのか」

甚吉がほっとした顔で背の大風呂敷を下ろした。

「着たきり雀と思うたが、親父のお仕着せなんぞが出てきて大荷物になった」

と荷物の中身を告げた。

汀女が台所に立ち、幹次郎が長火鉢の埋み火を掻き起こして新しい炭をくべた。

「幹やん、夕べは御用で遅くなったか」

と長火鉢の前に腰を下ろして落ち着いた甚吉が訊いた。

「御用でな、川崎宿まで行っておったのだ」

「そんなことか」

甚吉の目が角樽に行った。

「湯が沸くまでまだ間がある。一杯呑むか」

「朝まだき大荷物を担いできたら喉が渇いた。馳走してくれるか」

幹次郎は角樽から茶碗に酒を注いで甚吉に渡した。

「おれだけか、悪いな」

「まだ昨夜の酒が残っておる、遠慮するな」

「ならば頂戴する」

甚吉が茶碗酒に口をつけ、
くいっ
と喉を鳴らして呑んだ。

「美味い。こんな上酒（じょうしゅ）を呑んでおるのか、幹やん」

「御用と関わりのある妓楼からのいただきものだ。そうそう下り酒が呑めるものか」

「おれもなんぞ仕事を探して、姉様と幹やんに礼をせぬとな」

「長屋を探すほど職を探すのは簡単にいくまい」

「そのことよ。どぶ浚（さら）いでも人足でもする気で屋敷を出てきたのだ」

「ほんとうにどぶ浚いでもよいのか」

「まず食わねばならぬからな、仕事を選べようか」

「よし、ここは慌てず待て、会所に相談してみる。だが、甚吉、そなたが申すように汚れ仕事でもする心掛けが大事じゃぞ」

「分かっておる」

汀女が昨夜の残り物で朝餉の仕度をしてくれた。

幹次郎と甚吉は朝餉を食して、頃合を見た。

「姉様、もはや久平次どのを訪れても迷惑ではなかろう」

「五つ（午前八時）は過ぎましたからな、大丈夫でしょう」

甚吉を案内して幹次郎と汀女も元吉町の長屋に行くことにした。汀女は買い揃えていた味噌米油などの包みを上がり框に出して並べた。

「幹やん、姉様、これはおれのためか」

「長屋暮らしに直ぐ要るものばかりだ。姉様が揃えたゆえ、まず差し当たって不便はあるまい」

甚吉の瞼（まぶた）が潤んだ。

「甚吉、涙など流すほどのことか。豊後者同士、助け合うのは当たり前のことだ」

うんうん

と頷いた甚吉と幹次郎と汀女の夫婦が手分けして、荷を下げ、長屋を出た。

豊後岡藩の中間足田甚吉の新しい門出であった。

二

久平次が差配する長屋を木戸口からひと目見た甚吉は、

「幹やん、ここがおれのお長屋か。まだ新しいな、木の香がするぜ。住み心地はよさそうだ、なにより幹やんと姉様の住まいから近いや。心強い」

と喜んだ。

早速差配の久平次に挨拶し、閉て切られていた戸と格子窓を開け放って風を入れ、荷物を運び込んだ。

汀女が、用意してきた扱き紐を襷がけにして掃除をする雰囲気に、慌てて幹次郎と甚吉は井戸端から水を汲んできた。

掃除といっても九尺二間の長屋だ。三人が動けば、あっ、という間もなく綺麗になった。

久平次が貸してくれた水甕に水を張り、竈の火の燃え具合を確かめたあと、甚吉が、

「これで今晩から寝泊まりできるぞ」

とほっとした声を上げた。

「甚吉どの、町屋の暮らしは隣近所の付き合いが大事です。手拭いを用意しておきましたで、ご挨拶に回りなされ」

と汀女がいつの間に買い揃えたか、浅草寺門前の手拭い屋兎(うさぎ)やの手拭いを甚吉に渡した。

「姉様、なにからなにまですまねえ」

と甚吉が感涙に咽(むせ)ぶのを、

「甚吉、これからはひとりでなんでもせねばならぬぞ」

と幹次郎が励ました。

うんうん、と頷いた足田甚吉が長屋の挨拶回りに出たのを確かめ、汀女と連れ立った幹次郎は元吉町の久平次長屋をあとにした。

「甚吉どのは大丈夫でしょうかな」

「姉様、最初はだれもが戸惑うものだ。だが、直ぐに慣れる」

「そうであればよろしいのですが」

「私は会所に行って、仕事のことを相談してみようと思う」

「そうしてくだされ」

ふたりは山谷堀に架かる橋を渡り切ったところで別れ、汀女は土手八丁へ、幹次郎は衣紋坂へと下っていった。

ようやく春のぽかぽか陽気が戻ってきて、気持ちがいい日和だった。

四つの刻限、いつもなら遊女たちが客を送り出したあと、二度寝から起き出しはじめる頃合だ。だが、仲之町の桜と陽気に誘われるように遊女たちも早々に目を覚まし、吉原がすでに動き出している様子が大門の外からも窺えた。

出入りの女髪結やら棒手振り（ぼてふり）たちが門を潜り、どこかの妓楼の遊女の診察に向かう医師の駕籠が入っていく。

吉原の大門前の高札（こうさつ）には、
一　医師の外何者によらず乗物一切無用たるべし
と書かれて、駕籠で大門を潜れるのは医師だけと記されていた。

幹次郎は大門を入ったところで足を止め、菅笠の縁を手で上げた。

三分咲きの桜が日差しを受けていた。

微風が咲き出した桜をそっと撫でていく。なんともいわれぬ春の吉原風景だった。

幹次郎は尖ったような視線に気づき、桜から大門の左へと視線を振った。

町奉行所の隠密廻りが詰める面番所がいつになく活気づき、同心の村崎季光が意地悪そうな目で幹次郎を見ていた。その傍らには村崎から鑑札を受けた御用聞きの三ノ輪の寅次が底意地の悪そうな顔ににやにや笑いを浮かべて幹次郎を見ていた。

「これは村崎様、よい陽気になりましたな」

「裏同心どのの出勤は巳の刻限か、さすがに大物同心は違うな。ご苦労様に存じ上げる」

肚に一物ありそうな村崎の言葉に幹次郎は会釈を返しただけで札ノ辻から江戸町一丁目に曲がり、会所の裏口に続く路地に素早く身を入れた。いつもいる見張りの老婆の姿はなかった。

まだ昼見世が始まるにはだいぶ刻限があった。

この頃合、吉原を往来するのは出入りの商人か医師くらいのもので、その全員が鑑札を持参していた。

路地へ入り込む客を見張る要もないのであろう。

菅笠を脱いだ幹次郎が会所の裏戸を開けると長吉が、

「神守様、よいところにお見えになりました」

と声をかけてきた。

長吉はどこかへ出かける様子だった。

「面番所が張り切っておられますが、なんぞ出来しましたか」

「それです。今度ばかりは会所は後手に回り、今、七代目と番方が額を突き合わせて相談しておられるところです」

長吉は幹次郎が入ってきた裏戸口から路地へと姿を消した。

遅ればせに吉原会所も動き出していた。

長吉を無言で見送った幹次郎は菅笠を上がり框に置いた。

研ぎに出した無銘の大剣に代わる美濃国の刀鍛冶和泉守藤原兼定、刃渡り二尺三寸七分（約七十二センチ）の刀を腰から外すと手に提げ持ち、七代目が控える奥座敷に通った。

黒漆塗りの鞘に黒革巻の柄、竹に雀の鍔拵えの藤原兼定は神守幹次郎が本来差し料にできるような刀剣ではなかった。

遊女の足抜事件を幹次郎が無事に解決したときに、四郎兵衛が褒美にくれたものだ。

「御免くだされ」

「今、使いを出そうと思っておったところです」

四郎兵衛が幹次郎に言いかけ、

「面番所に先を越され、あたふたしておるところです」

と続けた。だが、言葉ほどには四郎兵衛が慌てている様子はなかった。

「なにが起こったのですか」

「それが今のところよく分かってないんで」

と番方の仙右衛門が答えると、

「神守様、京町二丁目の大籬鶴亀楼の振袖新造雛菊がいきなり面番所にしょっ引かれたのです。楼主の卯右衛門さんが慌てて会所に問い合わせに来て、わっしどもも知ったようなわけで。面番所がいかなる理由で雛菊をお縄にしたか全く分かりませぬ。そこでお向かいを訪ねたのですが、雛菊には殺しの嫌疑がかかっておると村崎季光様が答えられただけで、雛菊に面会することも許しません」

と腹立たしそうに言い添えた。

「面番所が雛菊捕縛に動いたのはいつのことです」

「今からおよそ一刻半（三時間）も前のことです。眠っていた雛菊を叩き起こしてお縄にかけ、仲之町を乱暴にも引きずるようにして面番所に連れ込んでいます」

「鶴亀楼の主どのはなにもご存じないのですね」

「寝耳に水と申しておりました。なにはともあれ、ただ今、長吉らが鶴亀楼に訊き込みに走っておりますが、楼の周辺で殺しが起こったとは思えず、どこから手をつけてよいか思案していたところです」

「村崎様はえらく得意げな顔つきにございました」

「おそらく情報は廓内からではありますまい」

四郎兵衛が言った。

「とは申せ、籠の鳥の雛菊が遊里の外で殺しができるわけもございませぬな」

「そこです、不思議なのは」

「七代目、番方、私も鶴亀楼を訪ねてみます」

「そうしてくれますか」

幹次郎は奥座敷から出ると台所に向かった。

藤原兼定を腰に差し落とし、菅笠を被れば探索の仕度は成った。

裏戸を開けるとまず江戸町一丁目に戻り、通りを横切ると吉原の裏手を四通八達(しつうはったつ)して延びる路地、蜘蛛道へと潜り込んだ。

鶴亀楼の表戸は閉じられ、潜り戸だけ開けられていた。

幹次郎が張見世の傍らの土間に入ると、長吉ら会所の若い衆と番頭や遣手が額を突き合わせるように話していた。

「なんぞ分かりましたか」

菅笠を脱いで問いかける幹次郎に、

「鶴亀楼の内外に死体のひとつも転がってねえんで。だが、面番所の連中は自信満々に雛菊を引き立てていった。なにがなにやらさっぱり分かりませんので」

と長吉が困惑の顔を向けた。

潜り戸から差し込む明かりが土間に散り、その場にいる男女の顔は暗く沈んでいた。

「雛菊はどのような振袖新造かな」

「ただ今の鶴亀楼のお職は鞆世（ともよ）太夫です、この鞆世さんの跡継ぎが雛菊と楼でも認めている振新でしてねえ、器量（きりょう）も図抜（ずぬ）けていて気立てもいいし、客あしらいも情があって上手と評判の女郎さんなんで」

と長吉が言い、遣手が、

「面番所は頓珍漢(とんちんかん)にも間違ってますのさ。お上の威光を笠に着て、ただ威張りくさるだけの能無し連中だ。どうして楼の暮らしをしながら殺しなんぞができるんですよ。殺しをしたというのなら、骸のひとつも見せるがいいじゃないか。馬鹿も休み休みにしてほしいものだねえ」

と鬱憤(うっぷん)をぶちまけた。

「おふさ、死体が見たいだと」

いつの間に入ってきたか、村崎季光配下の御用聞き、三ノ輪の寅次が十手をぐるぐると片手で回しながら、遣手のふさの前に立った。

「お、親分さん」

寅次の十手が止まり、先端でふさの胸をぐいっと突いた。

ひえっ

と叫んだふさがあまりの痛みに後じさりしようとした。だが、ふさの背には張見世の格子窓があって動きがつかなかった。

「村崎の旦那にお聞かせ申したい台詞(せりふ)だぜ、威張りくさるだけの能無し連中だと」

寅次の十手の先がさらにぎりぎりとふさの胸に突っ込まれ、

「親分、内緒話だ、勘弁してくださいな」

と長吉が言い、ふたりの間に割って入ろうとした。すると寅次がふさを痛めつけていた十手を引き抜くと、

「しゃらくせえ、お上のすることに逆らうんじゃねえ」

と長吉の額を殴りつけようとした。

幹次郎の手が動き、十手を握る寅次の手首を摑むと、

ぐいっ

と逆手に回した。

「い、てててっ」

寅次は尻を持ち上げるようにして痛みを堪え、

「糞っ、やりやがったな、どさんぴん！」

と幹次郎の手を振りほどこうとした。だが、びくとも動かないばかりか、ますます逆手に取られた手首に痛みが走った。

子分たちが助けに動こうとするのに会所の面々が立ち塞がった。

「親分どの、御用はなんでござるな。なければ面番所に戻ってもらおうか」

「あるから来たんだ、手を放せ」

幹次郎がふいに手を放し、

「ならば御用を済まされることだ」

と言い放った。

「野郎ども、雛菊の座敷を調べる」

寅次が子分たちに命じ、幹次郎に向き直ると、

「裏同心なんぞといきがっているようだが、町奉行所は快く思っておられねえぜ。そのうち、泣きっ面をかかせてやる、覚えてやがれ」

と捨て台詞を残し、草履を履いたまま、大階段を二階へと駆け上がっていった。

「どうします」

と長吉が幹次郎に訊いた。

「雛菊にかけられた嫌疑の内容が分からぬでは動きのつけようもない。上には面番所の面々がおられる、一旦、会所に戻ろうか」

幹次郎の言葉に長吉が頷き、

「新三郎、金次、おめえらは寅次がなにを探しているか見張れ」

と命じた。

幹次郎と長吉は不安そうな番頭と遣手を残して、鶴亀楼を出た。

ふたりが京町二丁目から仲之町に戻ってくると水道尻のところに吉原見番二代目の頭取小吉が立っていた。

小吉は、吉原内に女芸者、幇間を配下に置く見番を組織して官許の遊里の一大勢力に伸し上がろうとした大黒屋正六が自滅したあとを受けて、四郎兵衛らが二代目に推挙し就任させた人物だった。

元はといえば水道尻の番小屋の主だった老人だ。

「会所のお侍じゃないかえ」

「小吉頭取、お元気か」

「頭取と呼ばれると未だこそばゆい。番小屋の小吉のほうがなんぼか気が楽だったよ」

「だが、おまえ様が吉原見番を見事に立て直したのも事実だ」

と長吉が言った。

初代大黒屋正六のときは会所と対立してばかりだったが、今や吉原見番は座敷でも遊女を立てる芸者、幇間を監督し差配する組織として生まれ変わっていた。

それは小吉の人柄と腕によると会所でもその手腕を高く評価していたのだ。

「小吉頭取、廓内の見廻りかな」

と幹次郎が訊いた。

「いやね、昔の仲間が夕べから長屋に戻ってないというので様子を見に行ったところだ」

「廓で働く男衆が吉原で居続けるわけもなし、どうしたんだえ」

長吉が訊いた。

「文使いの正五郎だがね、歳も歳だし、吉原を遠慮して四宿(ししゅく)の飯盛に通うほどの元気はないよ」

幹次郎は揚屋町の裏手に独り住まいする老文使いの風貌と暮らしぶりを思い浮かべた。

正五郎は讃岐楼に出入りする文使いで、自死した青葉が川崎宿外れの大師河原の音葉ことお光に文を出したことを証言してくれたのだった。

「頭取、なんぞ気がかりがございますので」

幹次郎が訊いた。

「おれとは鼻を垂らしていた時分からの付き合いだ。黙って吉原を空けることなんてこれまで一度もなかったんでねえ、隣に住む夜廻りがおれに知らせてくれたのさ」

「未だ帰っておられぬか」

「そろそろ得意先の妓楼を訪ねて回る頃合だ。あいつがこの刻限まで戻らぬなんておかしな話だ」

「正五郎どのの得意先は讃岐楼の他にどこです」

幹次郎の問いによくご存じだという顔で小吉老が頷き、

「角町の中万字屋(なかまんじや)、京町二丁目の鶴亀楼、それに……」

「待った、小吉父つぁん！」

と長吉が止めた。

「どうしたえ、長吉さん」

「正五郎さんは鶴亀楼にも出入りしていたかえ」

「ああ、それがどうした」

「昨日、鶴亀楼の文使いをやったかねえ」

「そいつはおめえさん、鶴亀楼じゃなくちゃ分かるまいよ」

幹次郎と長吉は顔を見合わせ、頷き合った。

「父つぁん、正五郎の行方は会所が探すことになりそうだ」

長吉がそう言い残すと京町二丁目の木戸を潜らず、楼と楼の間に延びる路地、蜘蛛道に入り込んだ。

長吉は面番所の御用聞き、三ノ輪の寅次とふたたび顔を合わせることを避けて、鶴亀楼の裏口へと回ろうとしていた。

ふたりは路地から路地を伝い、鶴亀楼の裏口に辿り着いた。

裏戸を開けると広い座敷で起き抜けの女郎たちが朝餉を食べている最中だった。

長吉が台所の女衆にそっと番頭を呼んできてくれと頼んだ。

大籬の鶴亀楼の抱え太夫から振袖新造、番頭新造（ばんとう）、禿（かむろ）と大勢の女衆が箱膳を並べ、食事を取る光景は壮観だった。

お職の鞆世太夫には何人もの女たちが傅（かしず）いて給仕（きゅうじ）をしていた。

鞆世のところだけ緊張の空気が流れていた。

楼の稼ぎ頭のお職ともなればその力は絶大で、ふだんの暮らしにまで厳然たる序列が見られた。

「長吉さん、どうしなさった」

別れたばかりの番頭が姿を見せて訊いた。

「昨日、文使いの正五郎はここへ来たかえ」

「朝晩顔を出すのが文使いだねえ、来るに決まってますよ」

「雛菊は文を頼んだか」

「文を書くのは女郎の仕事だ、当然何通か頼んでましょう」

「雛菊が面番所に引かれたことと関わりがございますので」

「今はなんとも言えない。小さな手がかりから探るしかないからな」

「へえっ」

と返事した番頭が朝餉を取る遊女たちに長吉の用件を尋ねた。すると遊女たちが裏戸の前に立つ幹次郎と長吉を見て、その中のひとりが何事か答え、それを番頭が書き取っていた。

幹次郎はちらりちらりとこちらを窺う遊女たちの視線を気にしながらも番頭に答える若い遊女の杞憂の顔を胸に刻んだ。

「長吉さん、雛菊は昼に二本、夕べに二本の文を正五郎さんに頼んだそうだぜ、これだ」

と書き写した紙片を長吉に渡した。

「うちの大事な客だ、どうか見世の名に関わるような訊き込みはしないでくださいよ」

「仮にも吉原会所の長吉だ、面番所の野郎とは違うさ。安心しねえ」

と請け合った長吉と幹次郎はふたたび路地に戻った。

三

吉原会所の奥座敷に鶴亀楼の番頭が書き取った四人の名があった。

下谷広小路　経師屋高松　倅晋八
本船町　佃煮屋伊勢万　番頭江蔵
三河町新道　大工棟梁　常太郎
麴町十丁目　蠟燭問屋形屋　主清右衛門

とあった。

「手がかりがこれしかないとなれば調べてみるか」

と四郎兵衛が言い、仙右衛門も、

「なんといっても、文使いの正五郎が吉原に戻ってないのがおかしゅうございますぜ」

と応じた。

「神守様、今晩じゅうになんとか目鼻をつけてくだされ。長吉、金次を連れていきなさい」

七代目の命を受けた幹次郎と長吉は会所の控え座敷に待つ金次を伴い、大門を出た。

「まずは近いところから下谷広小路ですね」

三人は五十間道の途中から浅草田圃を抜けて寛永寺山下の寺町に出ると下谷車坂から広小路へと出た。

経師屋高松は広小路に面した元黒門町に六間（約十一メートル）ほどの間口で老舗であることを示す店構えだった。

「さてどうして呼び出したものか」

長吉が思案した。すると金次が、

「遊び仲間が近くに住んでおります。長吉兄さん、そいつに呼び出させましょうか」

「そいつは好都合だ、頼もう」

金次が広小路の雑踏に姿を消した。

元々は、金次の兄の保造が会所の若い衆を務めていた。だが、事件の訊き込みに羅生門河岸に行った保造は、突然暗闇から突き出された匕首で胸を抉（えぐ）られ、殺された。

「百面（ひゃくめん）の銀造（ぎんぞう）」事件の探索の折りのことだ。

そこで鳶（とび）職だった金次が兄の跡を継いで吉原会所に入ったのだ。

幹次郎と長吉が夕暮れの店先を見ていると若い男が経師屋高松に入っていき、前掛け姿の若い男を誘い出すとどこからともなく姿を見せた金次に引き合わせ、何事か言葉をかけ合ったあと、若旦那の晋八と思える男が金次に幹次郎らの待つ場所まで連れてこられた。

「若旦那、仕事中、すまねえ」

と詫びる長吉に、

「会所の面々がなんだえ、雛菊になにかあったか」

と人の好（よ）さそうな声を出した。

「若旦那は昨日、雛菊から誘い文をもらいなすったねえ。なんぞ変わったことはなかったかえ」

「ここんところ仕事が立て込んで親父の目を盗めねえや。吉原に足を向けてねえところへ、振新から誘いの文だ。天紅（てんべに）の文を見せられると体がぞくぞくしたぜ。

だけどよ、変わった趣向はなにもなかったな」

「天紅でしたかえ」

「振新の香が漂ってくるようでさ、赤紅色がなんとも艶かしい天紅だ」

晋八はあっけらかんと答えた。

遊女は客への誘いの文を書き終えたあと、封をする前に客が来るように念じて文に息を吹きかけ、紙の天辺に唇で紅をつけた。当然文に口紅が艶めかしくも残った。

天紅の文をもらった客のほうでは格別な扱いを受けたと錯覚し、有頂天になった。

「見ねえ、花魁から紅つきの文だぜ、おめえらにはこんな細工はなかろうぜ」

「大方、遣手婆さんの紅だろうぜ」

「おきやがれ」

天紅をもらった客は慌てて床屋に行って男ぶりを上げ、金がないときは親類じゅうを走り回っても工面をし、吉原に駆けつけることになった。

だれが考えたか、まあ、遊女の手練手管のひとつだ。

天紅には必ず客が三日以内に吉原に来るというので、商いに長けた小間物屋が巻紙の上を口紅で染めたような巻紙を売り出した。これを俗に口紅巻といったが、ほんものの天紅の文に敵(かな)うはずもない。

「若旦那、雛菊からの天紅は初めてですか」

「いや、ここんところ誘いは毎回紅つきだなあ」

晋八はあっさりと答えた。

「若旦那、文使いはいつもの正五郎でしたかえ」

「ああ、正五郎の父つぁんだ。おれが華床(はなとこ)で油を売ってるときに届けられたんだ」

と答えた晋八が、

「雛菊になにかあったかえ」

「若旦那、ちょいと厄介が雛菊に降りかかっているがねえ、なあに二、三日でけりがつく。天紅の文はだれもがもらうわけじゃねえや、会いに行ってやってくださいな」

と長吉が頼み、

「おう、だれがなんと言っても行くぜ」

と人の好さそうな晋八も請け合った。

幹次郎らは三河町新道の大工棟梁の常太郎、本船町の佃煮屋の伊勢万の番頭の江蔵と回った。

誘い出しの文をもらったことを常太郎も江蔵も認めたが、なんの異変もなさそうだった。

ただ晋八の文はほんものの天紅だが、他のふたりは普通の巻紙文と違いがあった。

「雛菊はどうやら人柄のいい晋八を格別な客と思っていたようですね」

「まあ、常太郎棟梁も番頭の江蔵も雛菊とはだいぶ歳が離れていますからね」

幹次郎と長吉はそう話し合いながら御城の外周を左回りに半分ほど回り込み、四谷(よつや)御門近くの麹町の通りに出た。

すでに刻限は五つ半（午後九時）の頃合で内藤新宿に向かう通りから人の往来は少なくなっていた。

蠟燭問屋形屋は表通りに面した角店(かどみせ)だった。きっちりと大戸を下ろされた形屋ではなんと通夜が行われていた。

「こいつは……」

と長吉が絶句した。

「どうやら面番所が雛菊を捕縛したことと形屋の通夜は関わりがありそうだ」

と幹次郎は応じた。

(さてどうしたものか)

と思案した長吉がちょうど出てきた町内の頭と覚える人物に歩み寄り、話しかけた。

その結果、亡くなったのは主の清右衛門というのが分かった。

「驚いたな、清右衛門が死んだとは」

「長吉どの、しかしながら吉原にいる雛菊がどうして殺せるのだ」

「そこです。ここはちょいとじっくり待ちましょうか」

さすがに長吉は探索に慣れていた。

通夜の客でなんでも話してくれそうな人物が形屋から出てくるのを気長に待った。

目をつけたのはふたり連れの職人風の男で、通夜の酒に足元がふらついていた。

ふたりは肩を組み合うように内藤新宿の方角へ歩いていく。

「金次、神守様の大小を預かっていねえ」

と長吉が幹次郎の腰から藤原兼定と脇差を抜き取るように指示し、幹次郎も従った。

金次は幹次郎の大小を脱いだ会所の長半纏に包んだ。

「まあ、酔っ払いの目には神守様がお店者に間違って映るかもしれません」

「ならば幹蔵とでも呼んでくだされ」

長吉が通夜帰りのふたりに追い縋り、声をかけた。

「兄い方は形屋の通夜帰りかえ」

ふたりが振り向いた。すると酒臭い息が口元から吐き出された。

「だれでえ、おまえさん方はよ」

ひょろりとした男が顎を突き出すようにして長吉に食ってかかった。もうひとりは老職人だ。

ふたりして酒が呑み足りない顔をしていた。

「父つぁん、兄い、おれは昔、清右衛門の旦那に世話になった者だ。ちょいと不義理をして、通夜にも出られない身なんだよ。今、お店の前を通ったら、通夜の張り紙がしてあるじゃねえか、びっくりしたぜ」

「おめえの言う清右衛門たあ、だれだ」

「そりゃあ、形屋の大旦那だ」

「大旦那は一年前に亡くなられて、今の清右衛門様は妾腹だ」

なんだって、と驚いてみせた長吉が、

「すまねえ、時間は取らせねえ、一杯付き合ってくれよ、形屋の代替わりの経緯を教えてくんな。清右衛門様の供養と思ってよ」

長吉は素早くふたりの手に一分金を一枚ずつ握らせた。

「なんでえ、こんなもの」

と言いながらも職人は懐に納めた。

長吉は大木戸の手前の路地裏に赤い提灯の灯りを見つけて、ふたりを誘い込んだ。


「……だからよ、大旦那の先代清右衛門様の、内儀、お都万様は子が生せない体だったんだよ。そのせいかどうか知らないが、女中のおせつに手をつけて産ませたのが番頭の茂蔵さんだ。三十七、八年も前のことでよ、お都万様が女中なんぞに手をつけてと子を産んだおせつはお店からおっ放り出されて、茂蔵さんは奉公人として育てられた。大旦那は、しばらくは外遊びで辛抱なされていたが、その後内藤新宿の茶屋女を囲いなさってよ、その間に生まれたのが当代の清右衛門様だ。当代が生まれたのは、茂蔵さんが生まれて十年後のことかねえ。お都万さんは最初こそ妾は嫌だ、子は認めないと頑張っておられたが、跡取りもないことだしと、周りに説得されてよ、うちの跡継ぎにする約束で妾を認めなすった、それが七、八年前のことかねえ。ともかく当代の清右衛門様は大旦那の跡継ぎとして育てられたんだよ」

蠟燭職人の豊吉老人が先ほどからまどろっこしい話を繰り返した。

「大旦那は遊び人でもあったがよ、仕事はよおく分かったお人だったぜ。わっしら職人も大事になさるし、節季節季にはお仕着せの一枚に小遣いをつけて配りなすった。それが一年前、突然に妾宅で倒れなすって、ぽっくりだ」

「それで当代の清右衛門さんが跡を継がれたのだな」

長吉が根気よく付き合い、訊いた。

駕籠舁き、馬方が集うような飲み屋の板の間だ。

「おうよ、八代目になられたがまだ全然貫禄が足りねえや、なにしろ仕事が分かっちゃいねえ」

と豊吉が言うともうひとりの職人千太郎が、

「たしかに分かっちゃいねえ、大旦那の跡を継いだのは遊びだけだ」

「吉原通いだね」

「大旦那の生きてなされたころは内藤新宿の飯盛よ、それが亡くなった途端、花の吉原の今にお職を張ろうという振袖新造だかに夢中という話だ、なあ、父つぁん」

「だがよ、その振袖新造だかに殺されちゃなにもならねえ、形屋は終わりだねえ」

「父つぁん、分からねえのはそこだ。吉原の女郎は籠の鳥だぜ。それがどうして清右衛門さんを殺せるんだ」

「お、驚くな」

「父つぁん、そいつは口止めされていたぜ」

千太郎が諫めるのを豊吉は、

「なに言ってやがる、町内じゅうがみんな知っていることじゃねえか」

「どういうことだえ、父つぁん」

「振袖新造だかの文が届けられたのは熊床だ。文使いから文を受け取った清右衛門さんがさ、初めて天紅の文をもらったってんで、そこにいる皆によ、見せびらかして、振袖新造だかの口移しだとかなんとか言いながら、天紅の紅を嘗めた途端に苦しみ出してよ、おっ死んだというわけだ」

「天紅を嘗めて死ぬものか」

「おまえは知らねえな、四谷の親分の話だとよ、なんでも天紅に鳥兜の根っこを干した附子が塗ってあったそうだぜ」

鳥兜は舞楽の伶人が被る冠に似た花を秋に咲かせた。

青紫色の可憐な花の根を乾燥させたものを附子といい、鎮痛の作用があるが、扱いを間違えると猛毒になった。

「なんと雛菊は天紅の上に鳥兜の毒を塗った文を届けたと言いなさるか」

「だれだ、雛菊とはよ」

「ああ、なんでもねえ、思いついた名だ」

長吉が慌てて打ち消した。

「おめえは怪しいぞ、何者だ」

豊吉が長吉に絡み始めた。

「父つぁん、機嫌を直して呑んでくんな」

長吉が徳利を摑んで茶碗に注いだ。

「熊床に文を届けた文使いはどうしたか知らないか」

「なんでも騒ぎが起こる前に吉原に帰ったという話だ」

しばらく長吉が沈思し、

「千太郎さん、清右衛門さんが亡くなられたら、形屋はどうなりますな」

と俄か町人に化けた幹次郎が訊いた。

「それよ、なんでも番頭の茂蔵さんが跡を継ぐという話が出ているらしいや」

「叩き上げの番頭さんなら仕事をよくご存じでございましょう。おまえ様方も大切にされますよ」

千太郎と豊吉が同時に手を横に振った。

「いやいや、こいつが、強欲に輪をかけたような番頭だ、蠟燭の出来が悪いと難癖つけては一本何文かの加工賃をしょっ引きやがる。出来なんぞどこも悪くねえのによ」

「もう、終わりだぜ、形屋はよ。そもそもよ、大旦那がちょいとばかり早く亡くなられたのが落ち目の因だ」

「いんや、お内儀様が子を生せない体だったのがそもそもの原因だ」

「おめえら、知っているか、大旦那をよ」

豊吉の話はぐるぐる回りに元に戻った。

「父つぁん、千太郎さん、いい話を聞かせてもらったぜ。大旦那の墓参りに明日にも行くぜ」

「形屋の菩提寺はよ、自証院（じしょういん）だぜ」

「酒代は払っておく、好きなだけ呑みな」

と長吉が言い置くと立ち上がった。すると豊吉が酔眼朦朧（すいがんもうろう）として顔を上げた。

「なんでえ、もう行くのか。これからの話が面白いのによ」

「ほう、なんぞございますので、豊吉さん」

「番頭の茂蔵はあの顔で吉原通いをするそうだぜ、なんでも清右衛門さんと張り合っているそうだ。あいつは番頭だから、金はなんとでもなるからよ」

幹次郎の問いに豊吉が漏らし、長吉の目がぎらりと光った。

薄暗い呑み屋を出るとふたりはしばらくその店の前で待った。すると幹次郎の大小を吉原会所の長半纏に包んだ金次が間を置いて呑み屋から姿を見せた。

幹次郎が大小を受け取り、金次が長半纏を着た。

「金次、話は聞いたな。おまえはこれから吉原に走り戻れ。職人が漏らした話を一切合切（いっさいがっさい）四郎兵衛様に申し上げるんだ。特に番頭の茂蔵の敵娼（あいかた）がだれか、こいつを調べるのが重要だと申し上げてくれ」

「へえっ」

と答えた金次が、

「長吉兄さん、番頭の茂蔵が怪しいと思いなさるか」

「考えてもみねえ、本来なれば形屋を継ぐのは異母兄の茂蔵のはずだ。だが、若い清右衛門が主になった。こたびの一件はどうやらこの辺に曰くが隠されていそうじゃねえか」

分かりましたと答えた金次が最後に問うた。

「長吉兄さんと神守様はどうしやすか」

「おれたちは番頭の茂蔵を見張る。通夜と弔いが続くんだ、さすがに今晩明日は動くにも動けめえ。おれたちの連絡(つなぎ)場所は内藤新宿の飯盛旅籠甲州楼(こうしゅうろう)だ」

「分かりました」

と答えた金次が風を食らった素早さで通りの闇に消えた。

「長吉どのは茂蔵に目星をつけたのだな」

「神守様には別にお考えがございますので」

「いや、ない。だが、茂蔵が清右衛門を殺めたのなら、雛菊の文に細工をせねばなるまい、鳥兜の毒の附子を塗る、な。文が届いたのは町内の床屋だ。どこで文を手にしたかと考えたまでだ」

「そいつが胡乱でやすね。それを知るには文使いの正五郎の行方を探ることだ」

「なんとか無事でいてくれるとよいがな」

ふたりは内藤新宿追分の辻にある甲州楼の前に立った。

「吉原会所は、四宿に親しい交わりをする旅籠を一、二軒は持っていましてねえ、甲州楼もその一軒なんで」

と言うと潜り戸をとんとんと叩いた。

「もはや見世仕舞いですぜ」

中から声がした。不寝番の番頭の声だ。

「すまねえ、永三郎さん。吉原会所の長吉だ」

しばらくすると潜り戸が開き、番頭の永三郎が顔を出して、

「遊びかえ、御用かえ」

と長吉の背後に立つ幹次郎を見ながら訊いた。

「無粋な用事だ。一晩泊めてくんな」

「ご苦労なこったな」

ふたりは飯盛旅籠の表土間に入った。

「こちらの神守幹次郎様も会所の者だ、今後ともよろしく頼むぜ」

と長吉が幹次郎を永三郎に繋ぎ、幹次郎は、

「よしなに頼む」

と頭を下げた。

「部屋を用意させる間に一杯どうだえ」

「大木戸の呑み屋で付き合い酒を呑んできた、茶をもらおうか」

頷いた永三郎はふたりを台所に連れていった。火鉢にはまだ鉄瓶がかかり、湯がちんちんと沸いていた。行灯の脇の小机の上に書付がちらばっているところを見ると永三郎は仕事をしていたようだ。

「内藤新宿に御用とはどんなこった」

永三郎の問いに長吉が、

「人の生き死にがかかってる話だ。当分、おまえさんだけの肚に収めてくんな」

と釘を刺し、雛菊捕縛に始まる事件を告げた。

「なんだい、形屋の関わりか」

「なんぞ承知か」

「殺された清右衛門さんも番頭もさ、先代の目を盗んでは内藤新宿で遊んだ口だ。どうやらこれで形屋は看板を下ろすことになりそうだな」

と言った。

永三郎も異母兄の番頭茂蔵が形屋の主に納まらんと清右衛門を殺めたと直感したようだ。

「永三郎さん、なんぞ他に分かることはないか」

「鳥兜ねえ」

と呟いた永三郎は、

「明日まで待ってくんな。こっちの線から手繰り寄せられるかもしれねえや」

と言うと茶を淹れてふたりの前に出した。

四

幹次郎と長吉は形屋から主清右衛門の弔いの行列が出るのを通りの反対側の酒屋の軒下から見ていた。

町役やら付き合いのある商人、それに豊吉のような出入りの職人たちが参列していたが、なんとも複雑な顔をしていた。

喪主は先代の内儀のお都万が病に寝込んだままというので、番頭の茂蔵が務めていた。

主の喪主を番頭が務める、不思議はなかった。

だが、異母弟の主に異母兄が主従の関係で長年仕えてきたのだ。その場の雰囲気がなんとなくぎこちないのも無理はなかった。

「茂蔵さん、仏頂面をしているがよ、内心大笑いしている声が聞こえてきたぜ」

幹次郎らの耳に、弔いの行列を見送る町内の衆の小声が響いてきた。

「全く棚から牡丹餅だな」

「形屋の身上はこれで番頭のものか」

「まだお都万様が生きておられるぞ」

「茂蔵さんはお都万様には四十年近く冷たく扱われてきたんだ。棺桶に足を突っ込みかけたお都万様を温かく扱うなどありえねえや」

「違いねえ、これからは茂蔵さんの天下かねえ」

「熱が入るだろうねえ」

「仕事にかえ、遊びにかえ」

「決まってらあ、遊びよ。もはやだれも文句を言う人がないのだからな」

弔いの列の最後尾が形屋の表から出ようとしたとき、女の泣き声が上がった。台所の飯炊き女中風の女が飯茶碗を店先に叩きつけて割り、泣いていた。

「清右衛門さんにも泣いて送ってくれる人がいたか」

「おたけさんは清右衛門さんを赤ん坊のときから面倒みていたからね」

「それにしても若い清右衛門さんはあっさりおっ死んだねえ」

「鳥兜は猛毒だからな」

「それよ、町内の藪医者諒庵がよく分かったな」

「あれでも医者よ。生き死にの区別くらいはつこうというもんだ」

「おれが言ってんのは鳥兜と診立てたことだ」

葬列は大木戸の方角へと向かって動き出し、通りから急に人がいなくなった。

すると、幹次郎らが立つ反対側の米屋の軒下に金次の姿があった。

「金次」

と長吉が呼びかけ、金次が気づいて、片手を振ると、

「兄さん」

と応じた。

金次は内藤新宿から吉原までを半日で往復してきたことになる。無論吉原では番頭茂蔵の敵娼探索に加わっていよう。顔に徹宵した疲労の跡が残っていた。

長吉は合流した金次を通りの奥へ誘った。

その界隈は南伊賀町に当たり、さらに進むと愛染院など寺町が広がり、西側には御先手組大縄地、つまりは組屋敷が広がっていた。

三人は愛染院の山門を潜った。すると幹次郎の目に七分咲きの桜の老樹が飛び込んできた。

(仲之町の桜は満開となったかな)

幹次郎はふと吉原に植え込まれた桜に思いを馳せた。

「神守様、長吉兄い、会所では昨夜から引手茶屋を格上から総当たりに当たっていますが、今のところ形屋の番頭茂蔵の馴染の遊女も、出入りの茶屋や妓楼も見つかっていません」

「まず鶴亀楼は調べたな」

「へえっ、昨夜のうちに当たりました。ですが、茂蔵は出入りしてねえそうで」

「形屋の番頭だ。廓内の引手茶屋を通しているとみて間違いあるまいが」

「兄い、七軒茶屋をはじめ大所は調べましたぜ」

「番方はこれから大門外に訊き込みの手を伸ばすと申されておりました。七代目は茂蔵が下手人なら必ず尻尾を出す、根気よく見張れと命じられました」

と言うと袱紗包みを長吉に渡した。当座の探索費だ。

「こうなれば形屋にへばりつくしか手はありませんね」

と長吉が幹次郎に視線を向けた。

「清右衛門が天紅を嘗めて倒れた床屋熊床に行ってみぬか」

長吉が頷き、

「吉原会所が動いていることを知られたくねえですな。なにかひと工夫しねえとな」

と思案した。

長吉と金次は吉原会所の長半纏姿だった。裏に返したところで昼間のこと、吉原の男衆と知れた。

幹次郎は着流しだ。

「長吉どの、ここはそれがしに任せてもらおう」

長吉が幹次郎の顔を見返すと頷き、

「出てこねえか」

「ならばわっしは藪医者諒庵を当たります。金次、形屋を見張れ」

と三人が三手に分かれての探索を提案した。

「落ち合う先は追分の甲州楼だ」

「承知した」

愛染院前の山門を先に出たのは菅笠を被った幹次郎だ。四谷御門から内藤新宿に向かう街道へ出た幹次郎は、酒屋の小僧に熊床の在り処を訊いた。

熊床は街道を逸れて北へ向かう裏通りに店を構えていた。

「御免」

幹次郎が菅笠を脱ぎながら開け放たれた腰高障子の敷居を跨ぐと町内の名主と思える男の髪を襷がけの女房が梳き直していた。

「髭を当たってもらえぬか」

「へえ」

と煙草を吹かしていた熊床の主が立ち上がった。

「旦那は初めての顔だねえ」

「日本橋のほうから参った」

「わざわざうちになんてことはないな」

「いや、蠟燭問屋の旦那と遊び仲間でな、不幸を知らされて駆けつけたが弔いに間に合わなかった。これから店に線香を上げに参ろうと思うたが、この無精髭ではな」

幹次郎は顎を撫でた。

「清右衛門さんの弔いですかえ」

「清右衛門どのが亡くなったことを承知か」

「承知もなにも清右衛門さんはここで倒れなさったんだ」

「驚いた」

と清めの塩が撒かれた土間を見回し、

「鳥兜の毒に当たったと聞いたがほんとうか」

熊床の主が、まあ、こちらにお座りなせえと席を指し示し、剃刀の用意をしながら、

「清右衛門さんがうちに油を売りに来たのは夕暮れどきのことだ。ちょうどそこへ吉原から文使いの正五郎さんが顔を見せてさ、清右衛門さんに振新からの文を渡したんで。文使いが去ったあと、ひと目文を見た清右衛門さんはさ、『天紅の文だ、初めてのことだ』と叫ぶと、紅のところを唇で何度も嘗めたんで。『これ

が雛菊の唇の紅かえ』などと言っているうちに急に苦しみ出して、ぱったり倒れたんですよ。驚いたのなんのって、おれたちが大慌てに騒いでいるとちょうど通りかかった茂蔵さんが様子を直ぐに悟ってさ、『だれか諒庵先生を呼んでおくれ』と冷静に命じなすった、さすがに大店を率いる番頭さんだねえ」

「茂蔵さんが顔を見せたのは清右衛門さんが倒れたあとのことだねえ」

「そうよ」

「文には触れてないんだねえ」

「触れるわけもないさ。ともかくよ、藪医者が来たときには心臓が止まっていたそうでよ。諒庵先生は事情を聞いて、文を調べ、臭いを嗅いだりしていたが、これは鳥兜の根っこの附子という猛毒だとご託宣があったんだよ」

「その後、どうしたな」

「茂蔵さんが四谷の御用聞きの達五郎親分にお調べを願って、親分が文を出した女のいるさ、吉原へと飛んだというわけだ」

達五郎は面番所に顔を出して協力を依頼し、隠密同心の村崎季光らが雛菊捕縛に動いたのかと幹次郎は納得した。

幹次郎は顔から顎に蒸し手拭いを載せられた。

「それにしてもよ、どうして吉原の女郎が客の清右衛門さんを殺すのかさっぱり分からねえや。天紅をもらった様子じゃあ、そう心を許し合った間夫ともいえねえと思えたがねえ」

幹次郎は蒸し手拭いを手で外すと、

「天紅の文は初めてか」

「これまで誘いの文は節季ごとに来たが、天紅は初めてだねえ。それがよ、鳥兜が塗られた文とはどういうことだえ」

熊床の主は幹次郎が外した手拭いをまた顔に載せた。

「……おかしいや。諒庵の野郎、茂蔵から口止め料をもらった様子で、お調べの最中でござれば、他人に漏らすわけにはいかぬと、けんもほろろの扱いなんで」

と長吉が甲州楼の台所でぼやいた。

幹次郎は熊床で知り得た情報を伝えた。

「なんですって、諒庵に診察を命じたのは騒ぎの直後に床屋の前を通りかかった茂蔵ですって」

「そういうことだ」

「どうも、茂蔵の野郎、自分の絵図面に沿って、周りを動かしたようですねえ」

と長吉が答えたところに甲州楼の番頭永三郎が勝手口から入ってきた。

「内藤新宿の薬種問屋で諒庵が鳥兜を鎮痛の薬に使うとわざわざ断って購っていたぜ」

「でかした、永三郎さん」

と長吉が叫び、

「茂蔵と諒庵の繋がりが分かるとさらに一歩探索が進むのだがな」

「なあに、そいつは容易いや。ふたりはさ、千駄ケ谷の御塩硝蔵裏手の境妙寺で開かれる賭場の博奕仲間さ」

「おおっ、これでふたりが繋がった」

長吉が言い、幹次郎が、

「あとは雛菊の書いた文にどうして附子が塗られたかだな」

と呟いた。

「そのためには茂蔵が通う吉原の妓楼と敵娼の遊女を突き止めねばなりませんな。番方の探索を待つしかないか」

「長吉どの、ひとつ手がござる」

「なんですねえ、神守様」

幹次郎は永三郎に、

「番頭どの、この界隈に似面絵を巧みにする絵師どのは住んでおられぬか」

と訊いた。

その夜、内藤新宿追分の辻にある甲州楼に吉原会所の番方仙右衛門と金次が姿を見せた。

「永三郎さん、こたびは色々と世話をかけましたな。七代目からの預かりものだ」

と奉書包みを渡した。

「番方、助け合うのは相身互いだ、なんてことはございませんぜ。だが、七代目のお心遣い、有難く頂戴します」

永三郎は快く納めた。

「神守様、形屋の茂蔵は吉原では内藤新宿の油問屋信濃屋主美左衛門と名乗り、引手茶屋千早の常連でしたよ。割り出すのに金次が持ち帰った似面絵が役に立った」

「やはり偽の名を使っておりましたか。で、妓楼はどちらで」

「なんと雛菊と同じ鶴亀楼、馴染はお職の鞆世太夫だ」

「なんということだ」

と答えた幹次郎が、

「雛菊が文を頼んだ日に鞆世太夫も文を正五郎に頼んでおりましたか」

「頼んでおりましたとも。二通の文を雛菊から受け取った正五郎は鞆世の座敷に呼ばれ、文の書き上がるまでしばらく待たされております。その間、正五郎は太夫の命で階下の帳場に行かされておりました」

「雛菊らから預かった文を鞆世太夫の座敷に残してですか」

仙右衛門が頷いた。

幹次郎は内藤新宿で新しく調べた事実を告げた。

「とすると鳥兜は内藤新宿の薬種問屋で医師諒庵が購入し、茂蔵の手を経て、鞆世太夫に渡ったということか」

「番方、鞆世太夫が雛菊の文の上に附子を塗ったと申されるか」

「神守様、あの夜、信濃屋の美左衛門こと茂蔵は鶴亀楼に登楼しておりませんや。まず鞆世だねえ」

「お職を張るほどの太夫がなぜ殺しに関わりましたな」

　幹次郎の問いに仙右衛門はしばらく沈思して、重い口を開いた。

「お職を張る鞆世の全盛にも翳りが見えております。その後を継ぐのは雛菊、追われる者の立場は微妙にございましょう。また茂蔵は形屋の血筋でありながら、奉公人として育てられ、異母弟の下に甘んじていた。深い経緯は知りませぬが、このふたりの男女が手を組んだとしたらどうなりますな」

「鞆世は雛菊を罪に落として、お職の地位を引き延ばす。茂蔵は清右衛門を亡き者にして、形屋の主となり、身代を引き継ぐということですか」

「いかにも」

「番方、鞆世と茂蔵が遊女と客の間柄というのは分かったが、殺しに関わった証しがない。文使いの正五郎でも姿を見せてなにか話してくれれば」

「神守様、忘れておった」

　と番方が顔を歪めた。

「神田川の淀みで正五郎の骸が見つかりました。腹を刺されていたらしい」

「口を封じられたと申されますか」

「さよう」

「困りましたな」

「医師の諒庵を締め上げますか」

「医師です。鳥兜は鎮痛の薬として買い求めたと言われればどうにも手が出ない」

「靹世と茂蔵はおそらくほとぼりが冷めるまで会いますまいな」

「となれば」

幹次郎はそこで言葉を切った。

「なんぞ手が」

「天紅の文で始まった騒ぎです、天紅で誘い出しますか」

と言う幹次郎を仙右衛門が見た。


京町二丁目の大籬鶴亀楼に引け四つ（午前零時）の拍子木が打たれ、夜見世の終わりが告げられた。

遣手が、

「太夫、おしげりなんし」

と床入りの言葉をかけ、靹世太夫と客の信濃屋美左衛門のふたりが寝間へと消えた。それを見送った美左衛門の連れ、内藤新宿の裏店に住まいする浪人剣客柳原無門は敵娼の振袖新造に伴われて、別座敷に下がった。

「お客人、その包みはなんにありんすか」

振袖新造は三尺（約九十一センチ）ほどの細長い包みがなにかと訊いた。

「これか、名人上手の職人が造られた釣竿でな、ひと竿何十両の代物だ。いや、金子の多寡では計り知れぬ逸品よ」

と枕元に置いた。

一方、鞆世太夫の部屋では美左衛門こと茂蔵が寝酒を酌み交わしながら、

「太夫、天紅に鳥兜とは、なんともはやうまくいきましたよ」

「これでわちきは形屋の内儀に身請けされますな」

「私が形屋の身上をそっくり受け継ぎます。先代の内儀が長生きするようであれば、また鳥兜を盛ればよい。諒庵先生がいくらでも都合してくれますよ」

「これでお職のままに吉原を抜けられますな」

と嫣然とした笑みを浮かべた鞆世太夫が茂蔵に寄りかかりながら、

「文使いはうまく始末なされたな」

「太夫が雛菊の天紅に細工する暇を与えた男です、口を封じる要があった。無門先生が吉原に帰る正五郎を人気のない神田川で襲い、始末しましたよ」

「これですべては安心でありんすな」

と漏らした太夫の胸元に茂蔵が手を突っ込み、

「あれ、これ、夜はまだ長うありんすよ」

と答え、

「それにしても通夜、弔いが続き、もうすぐ初七日を迎えるというに喪主がかようなな里に来てもよいのでありんすか」

「なにを言われるか、太夫。そなたの天紅に誘われて、取るものも取りあえず吉原に駆けつけましたのさ」

「茂蔵さん、わちきはおまえ様の約定通りに騒ぎが鎮まるまで文など出しませぬよ」

「なにっ！　あの天紅つきの文は」

「わちきではありんせん」

ふたりが顔を見合わせた。

「太夫、間違いない。そなたの筆蹟(て)でしたよ」

「わちきの字とな」

寝間の襖の陰でなにかが動く気配がして、くぐもった声が聞こえた。

「おまえの手を真似たのは手習い塾の汀女先生でな」

ふたりが凝然と視線を襖の奥へと送った。

「鞆世太夫、形屋の番頭茂蔵さん、吉原によもや会所があることをお忘れではございますまいな」

襖が開き、隣座敷に吉原会所の七代目四郎兵衛が座していた。

「太夫、無実の雛菊を罪に落とした上に、茂蔵の主の形屋清右衛門を鳥兜の附子を塗った天紅で殺すなどちと阿漕(あこぎ)に過ぎましたな。おまえ様方の話、そっくり聞かせていただきました。ふたりして大番屋(おおばんや)に送ります、早晩三尺高い獄門台(ごくもんだい)に仲良く首を晒すことになりましょうぞ」

「し、七代目、お許しを」

哀願(あいがん)する鞆世の傍らで茂蔵が叫び声を上げた。

「柳原無門先生!」

その声が床に入った無門の耳に届いた。

がばっ

と跳ね起きた無門が枕元の包みを解くと、釣竿ではなく白木鞘の直刀(ちょくとう)が出てきた。

驚く遊女を尻目におっとり刀の無門は廊下に飛び出した。茂蔵の座敷へ走ろうとした無門の目に、廊下にひっそりと座す影が見えた。

「そなたの相手は吉原裏同心神守幹次郎にござる」

「おのれ、どけ！」

白木の鞘を抜き捨てると剣を右肩に背負うようにして間合を詰め、一気に不動の幹次郎に振り下ろした。

その瞬間、幹次郎が片膝を立てた。

左手が傍らに置かれた藤原兼定を摑み、右手が翻ると刃渡り二尺三寸七分（約七十二センチ）を抜き上げて、車輪に引き回した。

「横霞み」

幹次郎の口からこの言葉が漏れ、兼定が走り寄る無門の胴を深々と斬り回した。勢い余った無門が片膝をついた姿勢の幹次郎の上を飛び越えて、鶴亀楼の広い廊下に、
どさり
と落ちた。

幹次郎の脳裏になぜか仲之町の満開の夜桜の光景が浮かんだ。

第四章　桜心中

一

　着流しの幹次郎は菅笠を被り、吉原の待合ノ辻に立っていた。

　西河岸の方角から傾いた陽光が差し込み、絢爛と咲いた満開の桜を暮色の淡い明かりが浮かび上がらせていた。

　仲之町の奥から鉄棒を引く音がして、花魁道中が満開の花の下に出てきたか、

「おおおっ」

　というどよめきが津波のように押し寄せて響いた。

　弥生三月の桜の時節、吉原は一段と艶やかな装いに彩られた。咲き誇る桜の下を行く、全盛の花魁道中はとくに見物だった。

そんな花と華の共演を見んと江戸じゅうから遊客が押しかけ、吉原はいつも以上の人込みになっていた。

こういうときに掏摸（すり）やかっぱらいが横行する。

面番所の役人も御用聞きも顔を揃えて警戒に当たり、吉原会所の若い衆も遊里を巡回していた。

幹次郎も素見の客に扮（ふん）して独り微行（びこう）を続けていた。

「神守様」

仲之町の奥へ向かおうとしたとき、男がふいに声をかけた。

振り向くと着流しに短羽織（たんばおり）を着て、片手の手首に唐桟縞（とうざんじま）の袋をかけた身代わりの左吉が大店の旦那然として立っていた。腰に差された小豆革（あずきがわ）の煙草入れも凝った造りだ。

「左吉どの、お仕事かな」

「いえねえ、吉原からの花の便りにふらふらと訪ねてきたというわけです」

「それは風流な」

「神守様は見廻りにございますか」

「と思うて出てきたが、つい人込みよりも桜に目が行ってしまう」

と苦笑いした。

「皆がみな花に目を奪われておればなんの騒ぎも起こり得ませんがねえ、えてしてかようなときによからぬことを考える輩がいるものです」

ふたりは満開の桜の下を待合ノ辻から水道尻へと人込みに押されるように進んだ。

北国の里二万七百余坪が上気しているような人いきれだ。

「おいおい押すねえ。懐の押し鮓が潰れるぜ」

「唐変木め、吉原に鮓なんぞ持ってくるな」

「花魁が浅草寺門前の華鮓の押し鮓が食べたいと文で知らせてきたからよ、わざわざ用意してきたんだよ」

「勝手にしやがれ」

ほろ酔いの声が掛け合い、ふいに灯りが走った。

妓楼や茶屋の男衆が見世の前の雪洞に灯りを入れたのだ。力を失う西日の代わりに雪洞の灯りが新たに不夜城を演出した。

「おおっ、おめえのどどめ色の面もほんのりと桜色だ」

「こきやがれ！」

ちゃりん

と鉄棒の音がして、新たに仲之町張りへと向かう花魁道中が姿を見せたようだ。

人込みがふたつに分かれて、道中のための道が開いた。

幹次郎が見ると男衆の提げた箱提灯の紋で三浦屋の薄墨太夫の一行と知れた。

だが、薄墨の姿は従う新造、禿、振袖新造、番頭新造、遣手、男衆に囲まれて見えなかった。

だが、当代一の花魁だ。威勢辺りを払い、その美貌と貫禄だけで人込みを真っ二つに割って左右に退かせてみせた。

幹次郎と左吉も桜の下に身を寄せた。

長柄傘の向きが変わり、薄墨の姿がやっと見えた。

淡い灯りの中、しゃなりしゃなりと外八文字を踏む薄墨は吉原じゅうの視線を集めていた。

先ほどまで掛け合っていた男たちも粛として言葉もなくただ息を呑んでいる。

花魁冥利に尽きる一瞬だった。

薄墨の一挙手一投足に男たちの目が注がれていた。

花魁道中と幹次郎が立つ場所まではまだ半丁（約五十五メートル）以上も離れ

ていた。

その中間で、番頭新造に抱き抱えられた禿が桜の枝に扇を結びつけようとしていた。傍らに立つ遊女の書いた和歌を枝に括りつけようとしているのだ。

これもまた吉原ならではの風景だった。

花魁道中は吉原の遊女筆頭の威勢を示し、桜の枝に括りつけられる和歌は遊女の教養を偲ばせた。

「神守様、吉原に足を延ばした甲斐がございましたよ」

と左吉が感に堪えた呟きを漏らした。

幹次郎の目に、薄墨の打掛の模様も見えてきた。

花の吉野に咲き誇る桜を一陣の風が無情に散らした全山桜吹雪が艶やかに刺繡されて見えた。桜吹雪は薄墨が外八文字を踏むたびに、

ぱあーっぱあっ

と虚空に舞い上がるようだ。

髪は高島田に結われ、挿物は立挿、笄、鼈甲の平打二本、櫛二枚、銀簪一本と揃い、それが雪洞の灯りに輝いていた。緞子の帯はうしろから当てられたひとつ結び、結び目には芯を入れた枕で膨らみを持たせ、胸高に結ばれていた。

薄墨は高さ七寸（約二十一センチ）余の黒塗りの三枚歯下駄を履き、若い衆の肩に片手を軽く置いただけで外八文字を悠然と踏んでいく。

外八文字を会得（えとく）するには最低でも稽古三年といわれた。無論吉原に売られてきた女のだれもが外八文字の稽古ができるわけではない。

小職（こしょく）時代から愛らしさが抜きん出て、妓楼の主が太夫に育てようと選ばれた禿だけが稽古に励む。

大見世の選ばれた娘だけの特権だ。

禿はその年ごろから振袖新造にかけての数年、遣手に厳しく指導されて血の滲（にじ）むような稽古を繰り返すのだ。

そんな禿が薄墨の一行にも従っていた。やがて吉原の茶屋の旦那衆の評判をもらって振袖新造へ昇格し、さらには運を得て仲之町を行く花魁道中の主へと上りつめるのだ。

薄墨一行を迎える茶屋は七軒茶屋の筆頭山口巴屋のようで、女将の玉藻や番頭衆、幇間衆や芸者衆が威勢に応えて大勢出迎えていた。

幹次郎はふたたび薄墨に視線を戻した。

薄墨太夫が、黄八丈（きはちじょう）をさらりと着こなした地味な形（なり）に吹きながしで素顔を隠した女衆と眼差しを交わし、ふたりが微笑み合った。

それだけで辺りからどよめきが起こった。それほど吹きながしの女と薄墨ふたりには一瞬にして男心を魅了する情愛が漂っていた。違いがあるとしたら若さと貫禄の差か。

幹次郎は、黄八丈に吹きながしの女衆が鶴亀楼の遊女の雛菊であることを認めた。

鶴亀楼から面番所に麴町の蠟燭問屋の主、清右衛門殺しの下手人として新たに鞆世太夫と客の茂蔵が突き出され、証しの数々が示された。

ここまで下手人と証しを揃えられると面番所としても拘留していた雛菊を放免するしか手はなかった。

茂蔵が用心棒として連れていた柳原無門の骸は、会所の若い衆の手で密かに遊里の外に運ばれ、始末されていた。

鶴亀楼では落日を迎えようとするお職の鞆世太夫を失った代わりに若い振袖新造の雛菊を取り戻したことになる。

早晩雛菊が妓楼のお職を張ることは知れていた。

一方、大騒ぎの舞台となった鶴亀楼では見世を開けることを自粛していた。

暇の生じた雛菊は桜に扇を添える名目で、素顔を手拭いで吹きながしにして隠し、見番の芸者でもあるかのような形に変え、全盛を誇る三浦屋の薄墨太夫の花魁道中を見物に来ていた。

(いつかわちきも花魁道中の主になる)

口の端に手拭いを小粋に咥えた雛菊はそう胸中で誓った。

ちゃりーん

と幹次郎らの前で鉄棒が鳴らされ、薄墨太夫の眼差しが茶屋の鬼簾から桜の下へと回された。

幹次郎と薄墨の視線が一瞬交わり、薄墨が艶を含んだ笑みを送ってきた。

幹次郎はただ受け流した。

「三浦屋薄墨太夫ご入来!」

山口巴屋の若い衆の声が張り上げられ、七軒茶屋の前に道中を終えた薄墨一行が着いて、縁台に七三に腰を下ろした。

どこからともなく吐息が重なり聞こえて、しばしの間、虚脱した空気が仲之町に漂った。

幹次郎は注意を薄墨から仲之町へと戻し、傍らの身代わりの左吉の視線に気づいた。

視線は吹きながしの雛菊に向けられていた。

その雛菊に飄然と走り寄った大きな影があった。

「そなた、危ない！」

左吉の声に雛菊が思わず後ずさりした。

六尺（約百八十二センチ）豊かな大男の手に光るものが握られているのを見た幹次郎は走り出そうとして左吉に腕を取られた。

「ちと遅うございます」

と左吉が言う目の前で事件は起こった。

包丁を袖から出した大男が番頭新造の腕に抱えられた禿の幼い体に摑みかかると片手に抱え込んだ。そして、包丁を禿の首筋に突きつけた。

わあっ

という悲鳴と、

「あら、なにをなさいますな！」

という番頭新造の叫び声が重なった。

花魁道中の主の薄墨太夫は引手茶屋の縁台に端然と座していた。その顔には神守幹次郎がその場にあるなら、必ずや禿を助けてくれると信じる表情があった。

「こういうことは最初の一時が肝心です、興奮した相手はなにをするか分かりませんや。わっしがちょいと時を稼ぎます、神守様は禿を奪い返す手立てをお考え願えますかえ」

左吉は羽織と小袖の衣紋をだらしなく抜くと帯に挟んでいた扇子を取り、半ば開いて顔の前でへらへらと動かしながら、さも遊冶郎という風情でその場に歩み寄っていった。

幹次郎はその様子を確かめ、植え込みの反対側に回り込もうとした。

「あいつはだれですかえ」

長吉の声がして、左吉が何者か尋ねた。

「身代わりの左吉と申されて、先日知り合ったばかりの男だ。時を稼ぐと申されて、あのように出向かれた」

「会所の者が出ていくよりはよいかも知れませんね」

長吉も会所の長半纏を脱ぐと前の茶屋の番頭に預けた。

「聞け、聞きやがれ！」

包丁の切っ先を禿の首に突きつけた大男が叫んだ。

その目はぎらぎらと血走っていた。狂気に憑かれた者の目だった。

「大月楼の若紫を呼んでこい、虚仮にしやがったな。若紫を殺しておれも死ぬ。ほれ、急がないとこの禿を突き殺すぜ！」

大男の喚き声が無粋にも仲之町じゅうに響き渡った。

「おまえ様、さよう尖らんでさ、落ち着いて話しましょうな」

身代わりの左吉がへらへらと大男の傍らに近づき、話しかけた。

「おめえはだれだ、近づくとほんとうに禿を殺すぞ！」

大男の腕の中で禿は声も出ないように怯えて震えていた。

「禿に罪はございませんよ、この私を身代わりにしてくださいな」

禿を奪われた番頭新造が男に哀願し、必死の形相の雛菊もまたなにか願おうと歩み寄ってきた。

「芸者さん、新造さん、ここはこの左吉に任せて、後ろに退いてくだせえな」

左吉の語調は優しかったが、ふたりを止める十分な威厳に満ちていた。

素顔の雛菊と番頭新造が下がった。

「おまえさん、大月楼の若紫さんを呼べばいいんだねえ」

「おおっ、早くしねえか」

「大月楼はどこにございますので」

「伏見町に決まってらあ、早くしろ」

「若紫さんとはおまえさん、起請でも交わされましたかえ」

どことなくゆったりとした口調で話しかける左吉の背後に長吉が歩み寄った。

「寄るな、寄ると禿を殺すぞ！」

とうとう幼い禿が泣き出した。

「禿さん、心配しないでいいよ、この左吉さんがお許しを願うからね」

と禿に言いかけた左吉が、

「ところでおまえさんの名はなんだえ」

「名なんぞどうでもいい」

「それでは困りますよ。名なしでは若紫さんを呼ぶこともできませんからね」

「熊木山勝五郎だ」

「熊木山とはまた変わった姓ですな、お相撲さんですかえ」

「おお、幕下まで相撲を取った四股名だ」

「どうりで立派な体格だ。身丈はどれほどで」

「身丈なんぞどうでもいいや、早く呼べ」

「へえへえ、ちょいとお待ちを」

身代わりの左吉はのらりくらりとした会話を繰り返し、ふいに後ろを振り向くと長吉と顔を合わせた。

「おまえ様、大月楼まで使いを頼もうか。急いでさ、若紫さんを呼んできてくださいな」

と言いながら左吉が片目を瞑ってみせた。

「へえ、承知しましたぜ」

長吉もここは左吉に任せたほうがいいと即断し、大月楼に向かう振りをして人込みに潜り込んだ。

「ほれほれ、今な、使いを出して若紫さんを呼びましたよ」

幹次郎は熊木山勝五郎が禿を片手に軽々と横抱きして、包丁の切っ先を当て、喚く背後に回り込んでいた。

勝五郎との間には植え込みの桜があり幹元には山吹が植えられていた。そして四つ目垣が腰の高さまで建てられてあった。

隙を見つけたとしても飛びかかれない間合と高さがあった。

(どうしたものか)

思案する幹次郎の耳に野次馬の声が聞こえてきた。

「相撲取り上がりは大月楼の若紫に袖にされてよ、頭に血が上ったんだな」

「いいや、相撲だけに回しを取られて狂ったんだぜ」

「そいつは面白いや」

回しとは、ひと晩で遊女が何人もの客を取ることをいう。

「いずれにしても無粋な話じゃねえか。こちとらのお兄さんは回しを取られようがすかされようが惚れた女郎一途でよ、こうして通っているんだぜ」

「それが吉原の遊びというものだ」

騒ぎを見物する客たちは無責任に話していた。

幹次郎は藤原兼定から小柄（こづか）を抜くと四つ目垣の縄目を切り、横に渡された竹を一本さっと抜いた。

六尺（約百八十二センチ）ほどの長さだ。

「お侍、なにをする気だ」

と野次馬のひとりが訊いた。

「静かにしてくれぬか」

と頼んだとき、

「吉原面番所詰め、隠密廻り同心村崎季光様の出役である、神妙に致せ！」

面番所の役人が熊木山勝五郎と身代わりの左吉を半円に取り囲んだ。

一旦静まっていた勝五郎がまた興奮して喚き出した。

「糞っ！　こうなれば禿を殺して、おめえらも叩き潰してやる。江戸相撲の大力熊木山勝五郎を嘗めんなよ！」

もはや勝五郎の顔は尋常ではなかった。

真っ赤に紅潮した大きな顔の眦が決し、大口がなにか分からない言葉を喚き続けた。

「いけませぬよ、熊木山勝五郎さん」

と元相撲取りを制した左吉が、

「面番所のお役人方、禿の命に関わることだ。ここはわっしに任せてくださいませぬか」

「おのれ、御用のことだ。素人が口出し致すな、どけ、どかぬとおまえもろともお縄にかけるぜ」

「そりゃ無茶だ」

と言った左吉がちらりと幹次郎の位置を確かめた。

「勝五郎さん、今な、若紫さんが来ますでな、短気を起こしてはなりませぬぞ」

と左吉が言いかける傍から面番所の役人の包囲の輪が縮まった。

「騙しやがったな!」

「騙すもなにも役人方には関わりがございません。憚りながら身代わりの左吉は嘘と坊主の頭は〝ゆった〟ことがございませんよ、私の言うことをお聞きなさいな、勝五郎さん」

なんとか熊木山勝五郎を宥めようとしたが、もはや勝五郎の正気は、

ぷつん

と音を立てて切れていた。

「これを見やがれ!」

片手で幼い禿を高々と差し上げた勝五郎がもう一方の手の包丁を振り回そうとした瞬間、幹次郎の六尺の竹棒が包丁を握る手首に向かって突き出された。それが狙い違わず見事に決まった。

あっ

という声とともに包丁が手から落ちた。

「おのれ!」

熊木山勝五郎が差し上げた禿を地面に叩きつけようとした。

その胸を一旦引かれた幹次郎の竹棒が突き上げ、よろよろと腰砕けによろめくところ、勝五郎の片手から禿の体が転がり落ちた。それを飛びつくようにして身代わりの左吉が抱き抱えて、横へと転がった。

「糞っ！」

と罵り声を上げた勝五郎が体勢を整え直そうというところに幹次郎の三撃目が鳩尾に見事に決まり、
ずでんどう
とばかり後ろ向きに転がった。

「そうれ！」

と面番所の面々が熊木山勝五郎の上に圧しかかった。

幹次郎は竹棒を四つ目垣に戻すとその場から消えた。

騒ぎは終わった。

二

幹次郎は身代わりの左吉の姿を仲之町界隈に探したがどこに消えたか、見つけることはできなかった。そこへ長吉が姿を見せて、

「左吉さんは三浦屋の番頭新造に泣き叫ぶ禿を渡されたあと、人込みに紛れるように姿を消されましたぜ。大方、面番所の役人と揉めるのが嫌だったんでしょうよ」

と小声で言った。

「禿に怪我はなかったか」

「災難に遭った禿は番頭新造に抱かれて三浦屋に戻りましたぜ、怪我ひとつございませんや。雛菊も番新も真っ青な顔で震えていましたが、番頭に気つけ薬なんぞを飲まされてましたから、そのうち元気になりましょう」

「雛菊が近くにいて助かった」

「あの吹きながし、芸者かと思ったら鶴亀楼の雛菊ですかえ」

「このところ雛菊はご難続きだな」

「それなんで。番頭がなんでうちだけこう厄禍が繰り返されるのかとぼやいてましたぜ」

「ともかく引け四つの刻限まではだいぶ間がある。この人込みだ、なにかあるやもしれぬ」

「へえっ」

菅笠に面体を隠した幹次郎と長吉は夜桜の仲之町から角町へと曲がった。

こちらも張見世を覗く素見などで込み合っていたが、仲之町ほどではない。

「相撲取りはどうして頭に血を上らせたのであろうか」

「大月楼は惣半籬、小見世でしてねえ、先代が亡くなってから見世の締まりがなくなったって、悪評判が立ってまさあ。事情は知りませんがねえ、女郎が客を怒らすようなあしらいをなすなど下の下だ。そいつを番頭や遣手が注意できないなんて、困ったものだ」

幹次郎と長吉のふたりは話しながら羅生門河岸の入り口に辿り着いていた。

角町は五丁町のひとつ、新吉原発祥のときからの通りである。そのどん詰まりには北東から南西に向かって羅生門河岸と呼ばれる長屋造りの切見世が軒を並べていた。

吉原の吹き溜まりだが、ここにも女郎たちが暮らし、それを支える遊客がいた。

幹次郎と長吉は羅生門河岸の木戸を抜けた。すると一気に灯りが暗くなり、薄闇が支配する世界が怪しげにも淫靡（いんび）にも広がった。

さすがにここまで入ると仲之町の桜の風情は消えていた。あるのはどぶ板を踏んで肩をすぼめ、急ぎ足で馴染女郎のもとへと向かう客の姿だ。だが、その客さえ、暗がりの切見世から、

にゅっ

と手が伸びてきて、間口四尺五寸（約百三十六センチ）の欲望の淵へと引きずり込まれた。

どぶ板の路地はふたり並んで通れないほどの狭さで、うっかりしていると女郎が引きずり込もうとする手に簡単に摑まってしまう。

長吉が先に立ち、北東の方角に向かった。

「兄さん、遊んでいきな」

と伸びてくる手をやんわりと摑んだ長吉が、

「比丘尼（びくに）、まだ客は来ねえかえ」

と押し戻した。

「なんだえ、会所の長吉さんか」

と言いながら、つるつるの坊主頭を覗かせた女郎が、

「おや、会所の侍も一緒か、表はどうだえ」

と訊いた。

「肩と肩が触れ合うほどの込みようだぜ」

「長さんさ、生きのいいのを一人ふたり捕まえてきておくれよ。刻みも切らして空煙草だよ」

「煙草入れを貸しねえな」

長吉が腰から煙草入れを抜くと比丘尼と呼ばれた女郎の煙草入れにそっくり刻みを移し入れた。

「長さん、悪いねえ」

「引け四つまでは刻限もある。馴染が来るぜ」

「あいよ」

ふたりはさらに羅生門河岸を進んだ。

数軒に一軒の割か、二尺（約六十一センチ）の戸が閉(た)てられ、中から女郎と客の話し声や交合(まぐわ)う嬌声が聞こえてきた。

先ほどまで桜の花に上気していた幹次郎の気持ちも沈んでいった。だが、この東西の河岸見世もまた吉原であった。

遊女三千人の里というが、だれもが仲之町を花魁道中できる太夫になれるわけでもない。また全盛を極めた遊女も歳がいくと格下の見世へ住み替えさせられ、ついには羅生門河岸に流れつく者もいた。

「比丘尼はねえ、若いころは半籬でお職を張ったほどの人あしらいのいい女郎さんでしたよ。だがね、惚れた職人に誘われ、心中しそこなったのが運の変わり目、ついには羅生門河岸の住人になっちまったんで」

「青坊主はそのときからか」

「へえっ、相手が死にましたんでねえ」

「気の毒であったな」

幹次郎は吉原に関わるようになって覚えた川柳を思い出した。

心中は　ほめてやるのが　手向けなり

吉原にとって相対死は厄介な出来事であり、損害でもあった。だが、心中をや

るほどの男と女にはそれだけの事情がある。だから、

「花魁はようやり遂げんした」

と褒めるのが礼儀、手向けというのだ。

比丘尼は心中を生き残り、羅生門河岸の闇で余生を送っていた。

河岸の北東に明石稲荷の灯りが見えて、幹次郎はほっと息を吐いた。

「神守様、まだ羅生門河岸にはお慣れになりませんか」

と背でそのことを感じ取った長吉が声もなく笑った。

「仲之町の満灯の灯りの下の桜と河岸の闇はあまりにも違い過ぎるでな」

「仲之町も吉原なら、羅生門河岸もまた吉原でさあ」

「分かっておるのだがな」

「もっとも羅生門河岸に慣れちまっちゃあ、浮かぶ瀬もございませんや」

と言った長吉は明石稲荷の赤い門前に足を止め、拝礼した。

幹次郎も真似た。

ふたたび木戸を抜けて伏見町に出た。

「大月楼を覗いていきますかえ」

騒ぎを起こした熊木山勝五郎が通っていた妓楼が伏見町にあった。さすがに大

月楼は表戸を閉て、脇にある通用戸だけが開いていた。

「ごめんよ」

と長吉が声をかけて見世の中を覗くと、

「長吉さん」

と男衆の声がした。

ふたりは潜りを開けて中に入った。

迎えたのは二階廻しの男衆と遣手だ。

二階廻しとは二階の調度の入れ替えやら台の物（仕出し料理）を届ける役目をし、酔っぱらいの世話から布団敷きまで行う、雑用掛（がかり）の男衆だ。座敷の切り盛り役でもある。遣手は二階の大階段の下り口の座敷で睨みを利かし、遊女のすべてを取り仕切った。

「花魁若紫と旦那、それに番頭が面番所に呼ばれてますんで、どうにもなりませんや」

二階廻しが気落ちした声で説明した。

「なんでまた相撲取りを怒らせたんだ」

「いえね」

と答えたのは遣手だ。

「勝五郎さんがうちに来るようになったのは相撲取りだった時代でねえ、ふんどし担ぎでも谷町の世話で女郎とも遊べまさあ。それが腰を痛めて相撲を辞めた、国に戻って百姓になるという話もあったようだが、惚れた若紫のことが気になってさ、江戸に残り、左官になったのさ。だが、半人前の職人でそうそう吉原の大門も潜れまい。金の切れ目が縁の切れ目、若紫も邪険にするようになって、あの騒ぎだ。うちはいい迷惑ですよ」

「だがな、その辺の呼吸はおまえさん方が心得ていようというもんじゃないか。客を血迷わせちゃあ、あんな騒ぎを起こす。大月楼の若紫を出せと仲之町じゅうが聞いたんだぜ、楼の名も廃るしよ、なによりえらい目に遭ったのは花魁道中にいた禿だな。全盛の薄墨太夫の花魁道中に泥を塗ったんだ。大月楼は三浦屋に詫びたのであろうな、薄墨太夫や四郎左衛門様に頭を下げたのであろうな」

「へえ、三浦屋さんに謝りに行きたいのですがねえ、旦那が面番所だ。どうしたものかねえ、長吉さん」

「そのときのために女将がおられよう」

「騒ぎを聞いて、寝込まれてますのさ」

長吉が呆(あき)れたように舌打ちし、

「おれが奉公人なら、ここは女将さんにさ、取るものもとりあえず詫びに行ってくれと願うがねえ」

と言うと幹次郎に、

「行きましょうかえ」

と外へ出た。

ふたりは無言のままに大門前に出た。

刻限は五つ過ぎだがまだ陸続(りくぞく)と遊客や素見が五十間道からやってきて、大門前で帰り客とぶつかり、あちこちで声が上がった。

「だれでえ、おれの足を踏んづけたのはよ」

「聖天町(しょうでんちょう)の金公(きんこう)だ、こんどはおまえのふぐりを摑んでやろうか」

「こきやがれ、頭をぶち割るぞ」

「頭ぶち割られるより花魁の肘鉄砲(ひじでっぽう)が食らいてえ」

長吉と幹次郎は人込みの間から面番所を覗いた。

元相撲取りの熊木山勝五郎の調べが奥で行われているのか、戸が閉て切られていた。

ふたりは大門前を突っ切るように黒板塀と妓楼の裏手の間に走る路地に入り込んだ。無論ここにも客が入り込まないように老婆の見張りがいた。

「長吉さん、お侍、ご苦労だねえ」

「おまえ様もときには体を動かしねえ。花冷えというぜ、寒さが一番応えるぜ」

「有難うよ、長吉さん」

ふたりは妓楼の裏手を榎本稲荷へと向かった。

肩をすぼめて行く長吉の前を黒猫が走り抜け、客に供した台の物の空の器を出そうと下女が顔を突き出した。

「御免よ、通らせてもらうぜ」

榎本稲荷に挨拶し通り抜けたふたりは西河岸を南西へと巡回した。二度三度と腕は取られたが格別に騒ぎがある風でもない。

開運稲荷まで歩いたふたりは水道尻へと出た。

水道尻からまっすぐ北東に仲之町が突き抜けていた。

夜桜見物と称して女郎を買いに来た客の数は一時より減っていた。

「どうやら峠は越えましたな」

「この騒ぎが二、三日は続こうな」

「日和次第ですが、まあ、まだ二日や三日は桜も持ちましょう」

少しばかりゆったりとした仲之町の桜を見ながら歩いていくと京町一丁目との辻で、

「長吉兄さん、神守様」

という声がした。

若い衆の宮松だ。

「宮松、どうした」

「七代目が鶴亀楼におられます。神守様をお連れしろとの命で会所に戻ろうとしてたところなんで」

「なんぞ、厄介ごとか」

長吉の問いに宮松が、さあ、という顔をした。

「顔を出して参る」

長吉と別れ、宮松に案内された幹次郎は京町二丁目の大籬の、紺地に鶴と亀が描かれた暖簾を分けた。

「七代目は帳場におられます」

宮松が鶴亀楼の番頭を呼んだ。

「おおっ、見えましたか。ささっ、奥へ」

幹次郎は藤原兼定を腰から外すと番頭に従った。

大きな神棚のある内証では四郎兵衛が妓楼の主の卯右衛門と女将のお歌を相手に酒を呑んでいた。

「おお、来られたか」

四郎兵衛が笑みの顔を向けた。お歌が、
すいっ
と立った。

「なんぞ出来しましたか」

幹次郎の問いに卯右衛門が笑いながら答えた。

「そう災難ばかりが続いては敵いませぬよ。いえね、天紅の騒ぎの折り、神守様に危ういところを助けていただきました。雛菊がなんとしても礼を申したいと申すものですから、七代目にお願いしていたところですよ」

「主どの、それがしは御用でしたことにござれば、礼など無用に願いたい。それより雛菊どのは大事ないか」

「えらい災難でしたよ。面番所に留め置かれて、いきなり白状せえとのきついお調べでした。さすがに遊女のこと、体や顔に傷をつけられなかったのが幸いにございました」

卯右衛門は、幹次郎の問いを天紅騒ぎのことと勘違いしていた。

幹次郎は話柄を花魁道中の騒動に戻そうと、

「鶴亀楼は過日の騒ぎ以来、見世を自粛しておられるようですな」

と念押しして、言葉を続けた。

「それがし、最前の騒ぎの折り、吹きながしに顔を隠された雛菊どのを見かけました。三浦屋の禿が元相撲取りだった男にいきなり捕まった折り、雛菊どのは咄嗟に助けようとなさっておられた。なかなか女だてらにできない所業と感心致した」

「いえね、本日、雛菊が三浦屋の薄墨太夫の花魁道中を見たいと言うものですから、仲ノ町に出ることを許したのです。そこでなんともどえらい騒ぎにあったようですな」

お歌が雛菊を連れて帳場に戻ってきた。

雛菊は最前の衣装とは異なり、爽やかな浴衣に薄化粧、町娘のような雰囲気を醸し出していた。すでに鶴亀楼のお職を約束された自信が細身から漂っていた。

「神守幹次郎様、天紅騒ぎの折り、お助けいただきまして有難うございました」

廊下にぴたりと両手をついて頭を下げた。

「雛菊どの、それは困る。今、主どのにも申し上げたが、吉原の御用を務めるのがそれがしの仕事、これで給金をいただいておる。どうか顔を上げてくだされ」

狼狽する幹次郎に四郎兵衛が笑いながら、

「ほれ、神守様はこのような挨拶を受ければ慌てなさると申し上げたでしょうが。こちらに入りなされ」

と命じた。

雛菊が見事な挙動で座敷に入ってきた。

幹次郎は雛菊の両親は武家ではないかと思った。

徳川の世が始まってのち、百八十余年の歳月が過ぎ、武家は商人に実権を取って代わられ、苦しい暮らしを強いられていた。

吉原の遊女にも武家の出が多くいた。

「楼の主どのにも申したが、最前の騒ぎの折り、そなたが身をもって禿を助けようとした咄嗟の所業、感服致した」

「見ておられましたか、神守様がおられるならば女だてらにお節介など、余計なことをなすことはございませんでしたね」

「お陰様で三浦屋の禿も怪我をせずに済みました。礼を申すのは会所のほうでござろう」

と幹次郎が言い、

「雛菊は汀女先生の弟子のひとりでございますよ」

と卯右衛門が話題を振った。

「なに、姉様のお弟子か」

「はい。あまり熱心な門人ではございませぬ。面番所から解き放たれたあと、汀女先生の教えを思い出しました。喜怒哀楽を和歌に託せば、喜びは永久のものとなり、怒りは消え、哀しみは悦楽に変わると申されたことをです。そこで桜の枝に助かったお礼に下手な和歌を作り、吊るそうとしたとき、あのような騒ぎに巻き込まれました」

「あの際、機転を利かせてくれたのは身代わりの左吉さんと申される方でな。禿が無傷で戻ったのも左吉さんのお蔭です」

幹次郎は左吉のことを一座に話した。

「身代わりの左吉な、また奇妙な仕事がこの世にはあるものよ」

と卯右衛門が感心したように言った。

「神守様、もしこの次に左吉様にお会いになられることがありましたら、神守様とご一緒に鶴亀楼にお上がりくださいませ。お礼に一席設けとうございます」

「雛菊どのの気持ち、たしかに伝えよう。だが、左吉どのもおそらくそなたの気持ちだけをいただこうと申されるであろうな」

雛菊が銚子を手にすると幹次郎の杯を満たした。

「馳走になる」

幹次郎は悠然と一杯の酒を呑み干した。

「これ以上の至福がござろうか。今宵、長屋に戻ったら、姉様に雛菊どのから直に酌をしてもらったと自慢致しますでな。じゃが、信じてもらえるかどうか」

首を傾げた幹次郎は杯を逆さに置いた。

「酒はお嫌いにございますか」

「なんの、嫌いではない。だが、今宵の一盞、天下の美酒万樽に匹敵致します。もはや、これ以上は無用にございます」

「薄墨太夫が申されることがようよう分かりました」

と雛菊が言い出した。

「薄墨太夫がなんと言われたな」

と四郎兵衛が訊いた。

「会所のお侍は汀女先生にぞっこん、吉原三千人の遊女が一緒になって口説（くど）いても無駄にござんすと申されました」

「神守様、松の位の太夫にこれほどの嘆（なげ）きを吐かせるとは、そなた様も果報者（かほうもの）にございますな」

「四郎兵衛様、主どの、吉原の男衆はどんなに綺麗な夜桜に心を寄せようとも、手折（たお）るような真似はなさりますまい。花を活かすことを考えてこそ吉原の奉公人にございます。花魁衆はわれらにとって雲の上の華、天上人にございますよ」

「神守様、よう申された」

四郎兵衛が褒めるのを聞いて幹次郎は自分の言葉に赤面した。

(姉様との暮らしを守るために一心に働く)

ただそれだけのことだと思いを新たにした。

三

鶴亀楼を出た四郎兵衛と幹次郎は仲之町から遊客の姿が消えているのに気づいた。雪洞の灯りに満開の桜だけが浮かんで人影のない仲之町を荘厳なものにしていた。

「夜桜をわれらふたりが独り占めにしておりますか」

「贅沢なことにございますな」

「まったく」

どこかで拍子木の鳴る音がした。

引け四つの合図の拍子木か。

幹次郎はそのとき、満開の夜桜に潜む狂気を感じていた。人の心を惑わす哀れが秘められているように思えた。

ぴー

という流しの按摩の吹く笛が伏見町辺りから聞こえていた。

吉原は引け四つの拍子木を合図に客と遊女の一時の夢に落ちる。

ふたりはゆったりと吉原会所に歩いていった。

「つい験直しの酒に付き合わせましたな。卯右衛門さんはよほど嬉しかったのですよ」

「これで鶴亀楼の厄が落ちるとよいのですがな」

「雛菊がお職なればあと五、六年、楼の米櫃の心配はございますまい。酷な言い方だが、年季明けが近い鞆世にはどうせいくらかの祝いの金子をつけて外に出さねばなりませんでした。それを思えば、卯右衛門さんの懐が痛まず、雛菊へお職の代替わりができたとも言える」

傾城奉公の年季は十年以上の長きにわたる。

禿を経ずに突き出されて遊女になった女の年季は十年ほど、禿立ちの遊女の奉公は二十五年にもなる。

多くの遊女は、数えの二十七歳になれば遊里の外に出された。そのとき、楼に残された借財の返済は求めないのが習わしだ。一見、慈悲に見える習わしだが、年増女郎では客が取れないという吉原の非情さの証しでもあった。

お職を張ってきた鞆世も年季明けが近い。

卯右衛門はいくらかの金子を包んで送り出すところを一文も使うことなく厄介

払いができたと四郎兵衛は言うのだ。

「川柳に『傾城が客を見立てる二十七』というのがございますが、二十七歳を前にしますと遊女も客のだれかれの顔色を窺い、あの男の女房でこの先を暮らそうかなどと考え始めるものにございますよ」

と言った四郎兵衛が幹次郎の胸の中を読んだように、

「吉原は桜同様に盛りを過ぎた遊女に無駄飯を食わせるほど甘くはございません。満開の桜も晦日(みそか)がくればそっくり引き抜かれて捨てられるのが吉原にございます」

(桜に狂気や哀れみを感じるのは遊女の心模様を映しているからか)

幹次郎がそう思い至ったとき、会所の前に来ていた。

ふたりは足を止めた。

幹次郎は長屋に戻るかどうか迷っていた。

「お帰りになられますかな」

と四郎兵衛が訊いた。

「四郎兵衛様、今晩は会所に泊まらせてもらいましょう」

「ならば湯を付き合っていただけませぬか」

四郎兵衛が幹次郎の迷いを読んだように言った。

「承知しました」

四郎兵衛は仲之町の引手茶屋山口巴屋の潜り戸から入り、幹次郎はいつものように江戸町一丁目の路地から茶屋の裏口へと回り込んだ。

「おや、神守様」

と茶屋の女将の玉藻が広い台所から声をかけてきた。

桜の季節、どこの茶屋も夜遅く朝早い商いを続けていた。

七軒茶屋筆頭の茶屋の女将ともなれば寝る暇もない日々だった。

「四郎兵衛様に湯に誘われました、お邪魔してようございますか」

「お父つぁんが無理を申しましたか」

と答えた玉藻が湯加減を見るように下女に命じた。

「鶴亀楼においでになられたのですね。雛菊さんは落ち着かれておられましたか」

「はい。もはや大丈夫です」

幹次郎は玉藻に山口巴屋の内湯まで案内された。すでに四郎兵衛は浸かっているようで湯の音が響いていた。

さすがに七軒茶屋の山口巴屋だ。

この季節、客の無理に合わせせられるように四六時中、湯が立てられていた。

「ごゆっくりお入りなさい」

「頂戴します」

幹次郎は洗い場で五体の汗と埃を洗い流し、湯船に入った。

吉原の妓楼や茶屋の内湯には町の湯屋と違い、柘榴口(ざくろぐち)はない。それだけに広々としていた。

「どうやら吉原の暮らしに馴染まれたようだ」

「お蔭さまで人並み以上の暮らしが立つようになりました」

「私が申すのは神守様の勘働きにございますよ」

「勘働き、ですか」

「今宵、なぜ会所に泊まろうと申されたか、その勘働きです」

「夜桜を見たせいでしょうか」

「桜とは不思議な花にございますな」

四郎兵衛も仲之町の満開の桜になにか不吉な予兆(よちょう)めいたものを感じ取っていたようだ。

たっぷりとした湯に身を浸したふたりは、期せずして無人の仲之町の桜を脳裏に思い描いていた。

湯から上がると玉藻が真新しい下帯から浴衣まで用意してくれていた。

四郎兵衛と幹次郎は茶屋の帳場で玉藻の酌で酒を呑んだ。

「汀女先生が心配しておられましょう」

「なんの、御用のことと分かっておりますでしょう、亭主の不在は慣れております」

四郎兵衛は鶴亀楼で口をつけただけであった幹次郎のことを思い、酒に付き合ってくれたようだ。

一合ばかりの酒を呑んだ幹次郎は、

「会所にて仮眠させていただきます」

と立ち上がった。

「なにごともなければいいのですが」

それが四郎兵衛の別れ際の言葉だった。

会所に行くと、長吉ら若い衆がまだ起きていた。

「帰りそびれました」

と言いかける幹次郎に長吉が、

「わっしどもと一緒の部屋でようございますか」

と訊いた。

すでに幹次郎の布団は敷かれていた。

四郎兵衛から幹次郎が泊まると知らされているようだった。

「長い一日でした」

「桜が散るにはまだ幾夜も時がございますゆえ、忙しい日が続きますぜ、お休みなせえ」

長吉の言葉に幹次郎は座敷に敷かれた夜具のひとつにごろりと横になった。

眠りに落ちる前、幹次郎が夢うつつで見た光景ははらはらと散る桜吹雪だった。

どれほど眠ったか。

「神守様」

と金次の声に起こされた。

「刻限は」

「七つ（午前四時）過ぎで」

なにかが起きたことははっきりとしていた。

幹次郎は寝床から滑り出ると浴衣の帯を締め直し、藤原兼定と脇差を腰に差した。
「案内してくれ」
「へえっ」
金次は会所の裏口を開いて飛び出し、蜘蛛道を走り出した。
幹次郎も従った。
連れていかれたのは天女池だ。
揚屋町と江戸町一丁目に囲まれた裏手に天女池はあった。
水溜まりというには大きい、池と呼ぶにはちとおこがましい。
そんな天女池のほとりに一本の老桜が立っていて今しも満開の桜を咲かせていた。
その枝に死に装束を着た男と女が扱き紐で首を括っていた。
その足元には漬物樽が転がっていた。
ふたりはこの樽に乗り、枝に扱き紐をかけて首を括ったようだ。
すでに長吉らがいて、心中者の首にかかった紐を切って木から下ろそうとしていた。

「身許は知れたかな」

「女郎は揚屋町の惣半籬、恵比寿楼（えびすろう）の小春（こはる）ですよ」

番方の仙右衛門の声がして幹次郎の問いに答えた。

幹次郎は振り返った。するとそこに番方がひっそりと立っていた。

「客のほうの身許はまだ分かっておりません、今、恵比寿楼に使いを立てております。おっつけだれかやってきましょう」

と答えた仙右衛門が、

「小春は年季明け前の身でねえ、この秋には吉原を出るはずでした」

さすがに吉原会所の番方だ。遊女一人ひとりの事情まで承知していた。

「悪い虫がついていたとは、聞いてませんがねえ」

長吉たちが筵（むしろ）の上にふたりの死体を並べた。

女郎は二十七歳、客は二十歳をふたつ三つ越えた若さとみえた。

天女池から立ち上る靄を乱して、ばたばたと足音が響き、恵比寿楼の番頭の有蔵（ゆうぞう）と遣手のかせのふたりが宮松に案内されて姿を見せた。

有蔵が仙右衛門と幹次郎を見て、ぺこりと頭を下げ、筵の上に寝かされた小春を見た。

金次が提灯の灯りを差し出した。

「ひえっ」

という有蔵の悲鳴がして、

「小春さん、なんでまた」

と言うと言葉を詰まらせた。

「小春に間違いないな」

仙右衛門が訊き、有蔵が頷いた。

遣手のかせは訝しそうに客の顔を見ていた。

「相手はだれか」

「御蔵前の札差（ふださし）、柿文（かきふみ）の手代さんです」

遣手が答えた。

「馴染かえ」

番頭も遣手もしばし答えなかった。

「どうした」

「それが夕べ初めて上がった客なんで」

「なんだと」

仙右衛門の声が険しくなった。

「年季明けを前にした女郎と初めての客が覚悟の心中をしたというのか」

「番方、たしかにこの手代さん、初めての顔だ。いえね、うちだけではない、吉原の大門を潜ったのも初めてとみたがねえ」

老練(ろうれん)な遣手が答えた。

「ふたりは知り合いか」

かせが首を横に振った。

「小春は初めて上がった客と心中したというのか」

吉原の裏も表も知り尽くした遊女と初めて吉原を訪れた客が心中するなど考えられなかった。

「番方、手代さんは昨夜四つ前、茶を引いていた小春を名指しで訪ねてきたんですよ。小春さんはおられましょうか、とまるで届け物でもしに来たような風情でしたよ。実際、手に風呂敷包みを持っておりました。張見世から小春さんが立ち上がり、格子越しになにごとか話し合っていましたが、その後、泊まりだと二階に上がったんで。お互いが知らなかったことはたしかですよ。あっちだと張見世を指しても、手代さんは小春がどれだか分からない様子だったからね」

「それからどうした」

「酒を頼まれました」

とかせが答えた。

「おまえさんが酒を運んだか」

「いえね、小春さんが遣手部屋に顔を出して少し多めに酒をと言うので、酒と香のものなど簡単な肴を出すように二階廻しに言いつけました」

「それが四つの刻限のことだな」

「はい」

「それでどうした」

「番方、なにしろ昨日はどこの座敷も客で溢れていましたしねえ、忙しいったらありゃしない。小春の座敷は隅の部屋で、つい目が行き届きませんでした」

ふたりは夜桜の日の賑わいに放っておかれたということか。

初めて会った客と小春の間でどんな相談がなされたのか。

「今の今まで小春と客がいなくなったのに気づかなかったのか」

かせが面目なさそうな顔で頷いた。

朝の光がゆっくりと天女池に戻ってきていた。

「宮松さんに起こされて小春の座敷を覗くともぬけの殻でしてねえ、香のものは手つかずに残ってました」

「酒は」

「ふたりで六、七合は呑んだでしょうか」

「ふたりが交合った痕跡はあったか」

それが、と答えたかせが顔を横に振った。

仙右衛門が訝しい顔を幹次郎に向けた。

「小春さんは心中するような悩みを持っておりましたかな」

「お侍、年季明け前の遊女の心は複雑ですよ。それに小春は労咳を患っておりました」

有蔵が答えた。

遊里の外に出ても女郎務めしか知らぬ身で、さらに病持ちだという。

「小春の出はどこですか」

「諏訪谷村です」

「諏訪谷村とはまたどこか」

と自問するように呟いた幹次郎に、

「尾張中納言様の抱屋敷のある高田馬場近くでさあ」

と即座に仙右衛門が答えていた。

「手代の名は」

有蔵もかせも知らないと言った。

「番方、若い手代は心中するつもりで死に装束を風呂敷に包んで持ち、吉原の大門を潜って、恵比寿楼に登楼したのでしょうか」

「神守様、手代が小春を名指しで来たというのがみそだ」

と仙右衛門が答え、待機していた長吉たちに、

「ふたりを会所に運べ」

と命じた。

天女池からふたつの亡骸が運び去られ、恵比寿楼の番頭と遣手が従った。

池の傍に残ったのは仙右衛門と幹次郎と金次の三人だけだ。

「わっしの勘じゃあ、小春が心中のお膳立てをしたように思えるのですがねえ。若い手代にはこれから先、長い春秋がございました。だが、片方はもう虫食いだらけの葉桜だ」

吉原ではもう後朝の別れが方々の妓楼や大門前で行われていた。一夜の仮初め

の情けを交わした男と女が遊里の内外に別れていくのだ。

そんな光景をよそに吉原の裏に隠された天女池ではそんな初めて出会った男女のひと組が老桜に首を括って死んでいた。

「それにしてもおかしい」

と仙右衛門が呟いた。

「神守様、男と女の仲は計り知れないものでございます。ですが、初めて会った男と女が心中するにはなんぞ謂れがなければならねえ」

「まずは御蔵前の札差柿文のだれぞに手代さんの骸を確かめさせることだ」

幹次郎の言葉に仙右衛門が頷いた。

仙右衛門は金次に命じて、長吉を札差柿文に走らせることにした。

その手配を終えた仙右衛門と幹次郎は天女池の傍の恵比寿楼の裏口を訪ね、小春の座敷を調べることにした。

恵比寿楼は小見世だ。茶屋を通して上客が通うような楼ではない。

張見世で遊女を見立て、その足ですぐ見世の二階に上がった。

この安直な遊びを、

「直きづけ」

または、

「つっかけ」

といった。

控えの間もない座敷には夜具が敷かれ、香のものが盛られた膳があって、空の徳利が何本も転がっていた。夜具はふたりが使っていないことを示して、掛け布団の端までぴっちりと揃えられていた。

酒器は茶碗だった。

仙右衛門は転がっていた空の徳利や茶碗を鼻で嗅ぎ、茶碗ふたつを幹次郎に渡した。

「臭いがしませんかえ」

幹次郎は一個の茶碗から酒精(しゅせい)とは異なる臭いを嗅ぎ分けたが、もう一個からその臭気はせず、その代わりに紅がうっすらと茶碗の縁についていた。つまり、手代の茶碗になにかが混ぜられていたことを示していた。

「この臭い、阿芙蓉(あふよう)と申しまして、熟した芥子(けし)から取り出されたものです。酒に混ぜて呑ませれば、意識は混濁(こんだく)し、体はとろりと麻痺(まひ)しましょうな。だが、だれかに命じられれば、ふらりふらりと歩くことはできましょう」

「小春が手代に阿芙蓉を混ぜた酒を呑ませて意識を薄れさせ、死に装束に着替えさせて、楼を抜け出し、天女池の老桜に首を吊らせたと番方は申されるので」

「半ば意識を失った手代はもはや小春の言うままに動き、漬物樽に乗って、首を吊らされたのかもしれませんぜ」

「番方が申される通りなら、小春が初めての客を心中の相手にした謂れがなくてはならぬ」

「そういうことです」

と仙右衛門が応じた。

四

札差柿文の番頭義左衛門(よしざえもん)が吉原会所にあたふたと顔を見せて、首吊りのかたわれが手代の功吉(こうきち)であることを認めた。

奥座敷に呼ばれた義左衛門に話を聞いたのは四郎兵衛と番方の仙右衛門だ。幹次郎は閉め切られた隣座敷に座して、聞き耳を立てた。

「番頭さん、手代さんの心中に心当たりはございますか」

仙右衛門が訊いた。

「功吉はなかなか目先の利く手代でして、心当たりがあると言えばある、ないと言えばない。ただただ驚いております」

曖昧な返答に、仙右衛門は、

「番頭さん、あるのかえないのかえ。こちらは年季明けを前にした女郎がひとり命を絶っているんだぜ」

とぴしりと訊いた。

「はっ、はい」

答えた番頭はしばらく思い悩むように黙り込んでいた。

「吉原会所の調べがご不満なれば面番所に引き渡しましょうか。あちらはこんな生温(なまぬる)いお調べじゃありますまいよ」

「いえ、不満など」

「ならば話してもらいましょうか」

番頭が覚悟した体で話し始めた。

「功吉は昨日の朝から得意先に掛取(かけと)りに廻っておりました。夕刻、店に戻って参りまして、私にどこもが不首尾で掛取りができなかったと申します。私はちっとは商いに身を入れなされ、春先だとは申せ、気分が浮かれてはいませぬかときつく叱りつけましたんで。そしたら、もう一度廻ってくると申して店を出ていったきり、このようなことに……」

「掛取りに廻ったのは何軒で」

「屋敷が三つにございます」

「どこもが不首尾だったのでございますね」

「いえ、それが違うので」

「話がみえませぬな」

「功吉の様子がおかしいので、掛取りに廻ったという屋敷を他の者にふたたび訪ねさせました。そしたらどこもが約定のお金を功吉に渡されたとか。功吉の爪印のある受取も持っておられましたのです」

「功吉はお店の金を持ち逃げしたと申されるのですね。受け取った金子の合算はいくらです」

「三百七十両にございます」

「大金ですな」

「大金です」

と答えた番頭が急き込んで、それだけではございませんでしたと言い足した。

「どういうことなんで」

「慌てて店の大福帳を調べるやら、蔵の銭函を調べるやらしますと、なんと功吉は千両ほどの大穴を開けていることが判明したところなんです。店では昨夜から大騒ぎで眠るどころではありません。その矢先にこの心中話です、一体全体どうなっているのやら、頭が朦朧としています」

しばし調べの座を沈黙が支配した。空咳のあと、番頭が口を開いた。

「功吉は掛取りで受け取った三百七十両を死んだ女郎に貢いだのでしょうか」

「番頭さん、貢いだもなにも初めて上がった妓楼での直きづけだぜ。そんな大金なんぞはどこにもありはしない、楼に残された単衣の懐には一分金と銭があるばかりだ」

「そんな馬鹿な、女郎に大金を使わないでどこに小判が消えたんです！」

と番頭が大声を上げた。

「恵比寿楼は小見世ですよ、紀伊国屋文左衛門様のごとく大尽遊びをするような楼ではありませんぜ」

「じゃあ、うちの大金はどこへ消えたんで！」

「どうやら番頭さんは吉原会所が信用できねえと仰るようだ」

番方の仙右衛門の声も険しくなった。

「うちも千何百両の金子を手代に持ち逃げされたんで、必死になるのは当然です」

押し問答が続き、仙右衛門が断を下した。

「番頭さん、こうなればもう埒が明きますまい。前の面番所に功吉の亡骸を運ばせます。あちらで存分なお調べを受けなせえ」

札差柿文の番頭が奥座敷から消えた気配があった。

しばらく間を置いて、

「神守様、どうぞ」

という四郎兵衛の声がした。

襖を押し開き、いつもの奥座敷に通った。

見送りに出ていた仙右衛門も戻ってきた。

「おかしゅうございますよ、なにもかにもが」

「番方、だれもがそう思っておりますよ。手代ひとりに千何百両の盗みを負わせて、地獄に送り込んだには謂れがございましょうな」

四郎兵衛がはっきりと言い切った。

「わっしがまず柿文の内情を調べます」

仙右衛門が応じ、幹次郎も、

「小春の実家、諏訪谷村にも手の者を送ったほうがようございますな」

と言った。

「神守様はどうなさいますな」

「七代目、番方、もしお許しが得られますならば、私は身代わりの左吉どのに会ってみようかと思います」

「ほう、あの左吉さんにな、神守様の好きになされ。諏訪谷村には長吉を走らせます」

四郎兵衛が幹次郎に考えのままに動くことを許した。

幹次郎は馬喰町の一膳飯屋で身代わりの左吉が姿を見せるのを待っていた。

小僧の竹松(たけまつ)に訊くと毎日のように顔を出すかと思うと何日も姿を見せない日もあるという。

夕暮れが馬喰町界隈にやってきた。すると一膳飯屋と居酒屋を兼ねた店に駕籠舁き手やら職人たちが姿を見せ始めた。

幹次郎が店の邪魔かと考えたとき、
ふらり
と鉄錆色の着流しの身代わりの左吉が縄暖簾を分けて姿を見せ、

「おや、神守様」

「過日は造作をかけました。お蔭さまで禿の命が助かりました」

と幹次郎が礼を述べた。

「いえ、あれは神守様のお手並みで助かったようなものだ」

と言った左吉が幹次郎の前に座ると、注文もしないのに竹松が酒とぐい呑みひとつを運んできた。

幹次郎は左吉の肩に桜の花びらが一枚載っているのを見た。

「小僧さん、こちらにも杯を」

と言い、幹次郎の前にも大ぶりのぐい呑みが置かれた。

左吉が酒を注ぎ分け、ふたりはぐい呑みを顔の前に上げると会釈し合い、口に含んだ。

酒の香がゆっくりと口内に広がった。

一片の　花をさかなに　酒を酌む

そんな腰折れが浮かんだ。

「本日は左吉どののお知恵を拝借に参った」

と前置きした幹次郎は昨夜からの出来事を話した。ただし、恵比寿楼と札差柿文の名は出さなかった。

左吉は静かに酒を嘗めながら、幹次郎の話に耳を傾けた。

「神守様は、病持ちの女郎が手代を引き込んで心中した背後には、わっしのような身代わり屋が関わっているとお考えになったのですな」

「手代はどう考えても千何百両もの使い込みの汚名を着せられ、心中に引きずり込まれておる。だが、年季を前にした女郎だけの考えで心中が企てられたとは思えませぬ。となると別の者の企てが働いているかと思いました」

「神守様、身代わり屋はそうそうどこにでもいるものではございませぬ。こいつは素人の考えだねえ、どこにも情が感じられねえや」

「素人ですか」

「ええ、素人が身代わりを強引に立てたってやつだ。おそらく札差の旦那か番頭が絵図面を描き、病持ちの女郎さんを金の力で探し、手代に汚名を着せて心中に見せかけ殺めた」

左吉の考えも幹次郎とほぼ同じものだった。

「左吉どの、これですっきりした」

幹次郎はぐい呑みに残った酒を呑み干した。

「雛菊からの言づけにございます。一度、鶴亀楼にお遊びに来てください、とのこと。お礼がしたいそうです」

「お職に出世しようという遊女にお招きを受けるようなこと、わっしにはとんと覚えがありませぬ」

「左吉どのならそう申されるはずと雛菊には答えておきました」

嬉しそうに笑った左吉が、

「神守様、御蔵前の札差柿文は先代が数年前に亡くなり、放蕩者の若旦那が店を継いで以来、商売が左前になっているそうな。店の実権は頭の黒い鼠（ねずみ）の番頭が握っているようだが、その辺にこたびの騒ぎの因はありそうです」

と幹次郎が柿文の名を出さなかったにも拘らず、ぴたりと言い当てた。
「神守様、おまえ様ならなんの心配もいらぬが、柿文には若旦那の遊び仲間の命知らずが出入りしていますぜ」
「左吉どの、今度またゆっくりと酒を酌み交わしましょう」
「おまえ様となら何度でも美味い酒が呑めそうだ」

幹次郎は馬喰町から浅草御門に抜け、神田川を渡って御蔵前通りへと出た。もはやどの店にも灯りが入っていた。

この界隈は幕府の御米蔵が大川端の一番堀から八番堀に並び、享保九年（一七二四）から百九株と定められた札差の大半が、天王町組、片町組、森田町組と三つの組のもとに所属し、さらに六つに組分けされて、この御米蔵周辺に店を構えていた。

札差は直参旗本御家人の禄米を、春季取高の四分の一、夏季取高の四分の一、冬季取高の二分の一に分けて換金し、出入りの旗本御家人に渡し、手数料を取る商売だ。

徳川の世開闢から百八十年余が過ぎ、覇権は武から商へと移っていた。資金を蓄えた札差は旗本御家人の身代をぐいっと摑んで、何年分もの禄米を差し押さえていた。そんな資金を元手に金融に手を出して、さらに財を築く札差たちがいた。

明和から天明にかけての二十余年間、大口屋暁雨ら札差の旦那衆を中心にした十八大通の放埒な遊びぶりは、札差の財力のもの凄さを余すことなく物語っていた。ちょうどこの時期のことだ。

幕府に成り代わり、この町が財政を動かしていると言っても過言ではなかった。そんな勢いが通りにも店先にも見えた。

柿文は片町組四番組に所属し、当代の主は市十郎と言った。

御蔵前通り、片町の西側に間口二十間（約三十六メートル）の店を構えていた。店の大戸はまだ開かれていたが、どことなく他所の札差と比べて活気がないように思えた。

幹次郎がそんなことを考えながら歩いていると、神守様、と名が呼ばれた。振り向くと小春の実家がある諏訪谷村に飛んでいた長吉だ。

「七代目も出張っておられます」

長吉は幹次郎を御米蔵の並ぶ五番堀へと案内した。堀にはひっそりと会所の屋根船が泊まっていた。

「七代目、うまいことに通りで神守様にお会いしました」

長吉が声をかけて屋根船に滑り込み、幹次郎も続いた。

四郎兵衛の傍らには番方の仙右衛門も控えていた。

「どうやら顔が揃いましたな。恵比寿楼の小春が札差柿文の手代を道連れに心中した一件の裏が、どうやら見えてきたようだ。まず長吉、諏訪谷村の小春の実家について話せ」

へえっ、と頷いた長吉が、

「小春が年季明けしていたとしても故郷に戻れるような暮らしではございませんや。親父の作兵衛がよいよいになって、小春の弟の文吉がなんとか一家を支えておりますが、親父の薬代にも事欠く有様です。この弟に嫁取りの話が出た。だが、祝言を挙げるどころか、夜具ひとつ揃えられる暮らしじゃございません。文吉が小春のところにふた月も前に相談に来たことを恵比寿楼の遣手が思い出しました。ところがその後、なぜか嫁を迎える仕度が成ったそうです、それが十日も前のことなんで。近々諏訪谷村で祝言が執り行われることになっております」

「小春は命を捨てて、弟の嫁取りを助けたか。小春の命を買ったのは何者ですかな」

と四郎兵衛が長吉に質した。

「へえっ、このひと月、小春のところに通ってきた客があります。荷担ぎの小間物屋と言っておりましたが、柿文の若旦那市十郎だと先ほど恵比寿楼の男衆が認めました」

頷いた四郎兵衛が、

「番方、柿文の内情はどうだ」

「ひどいものです。仲間内からも札差株を手形に差し出して二千両ほど借りておりまして、もはやのっぴきならぬところまで差し迫ってございます」

「なにも知らぬ手代を横領者に仕立て、大福帳を誤魔化した。小春になにがしかの金を渡して手代と心中立てするように引き込んだ。千何百両を手代に横領されたと仲間に言い訳して借財の返済を待ってもらう仕掛けか」

「七代目、まずそんなところにございましょう」

「身代わりの左吉さんはこの一件、見立てをなんぞ申しておられましたか」

四郎兵衛の視線が幹次郎に向けられた。

「この身代わりは情の感じられない身代わりだ、これは素人の仕業と申しておりました」

「情の感じられない身代わりですか。市十郎と番頭の義左衛門が仕組んだであろう心中の結末、どう致しましょうかな」

四郎兵衛の声が重々しく船に響いた。

夜半が過ぎて、御蔵前通りに犬の遠吠えが響いた。

風が出たか、どこからともなくはらはらと桜の花びらが舞った。

「火の用心、さっしゃりましょう！」

夜廻りの番太が拍子木を鳴らして通り過ぎた。

札差柿文の黒板塀の潜り戸にすたすたと歩み寄る影があった。若旦那市十郎の遊び仲間か、やくざ者が無用心にも錠の下りていない潜り戸の奥へと消えた。

今度は別の影が三つ現われた。

吉原の会所の長半纏を裏に返して着た番方の仙右衛門と長吉、それに神守幹次郎だ。

三人はしばらく黒板塀に囲まれた柿文の店と屋敷の様子を窺い続けた。

敷地は四百七、八十坪もあろうか。店に続く母屋の他に、蔵が何戸前かありそうだ。

幹次郎の着流しの腰には研ぎ上がったばかりの無銘の豪剣があった。

顔の下半分を手拭いで隠し、菅笠の紐を締め直した幹次郎に仙右衛門が、

「参りますか」

と誘いをかけた。

仙右衛門も長吉も手拭いで頬被り（ほおかむ）をしていた。

幹次郎が頷くと長吉が塀の潜り戸を静かに押した。

先ほどやくざ者が入る際は戸に錠も下ろしていなかった。それほど札差柿文の規律は乱れ、用心に欠けていた。

三人は敷地に入り込むと長吉が戸に錠を下ろした。目前にあるのは奉公人の住む長屋か、すでに眠りに就いていた。

幹次郎は塀の内側に立てかけられた閂（かんぬき）の棒を見つけ、手にすると素振りをくれた。

「よし」

三人は長屋を回り込んで母屋へと進んだ。すると手入れが何年もされていない風の庭が広がり、泉水の音がした。

店と母屋を兼ねた建物は暗く沈んでいた。だが、四つ並んだ蔵のひとつから人の気配がした。

三人は無言で進んだ。

泉水を回り込むと桜の大木が立って、はらはらと池の水面に花びらを散らしていた。

蔵のひとつから灯りが漏れてきた。

酒を呑みながら手慰みの博奕でもしているような気配だ。

「若旦那、吉原会所はまったくの堅物で話が通じませぬが、面番所の役人はさすがに世慣れたものでしてねえ、鼻薬を嗅がせるとすぐに功吉の始末をつけてくれましたよ」

番頭の義左衛門の声だ。

「番頭さん、うちは年増女郎に金を使った、面番所にも賂を贈った。これで当分、うちの商いは大丈夫かねえ」

「若旦那、板倉屋は札差株の取り上げを半年待つと申しております。その間になんぞ大きな商いをしないとまた苦しくなりますな」

「今度は若い番頭と品川女郎を心中させますか。ほれ、四光だぜ！」

「糞っ！」

と遊び仲間か、叫ぶ声がした。

桜の花びらが風とともに吹き込んだ。

「花冷えが吹き込んできたぜ。だれです、蔵の戸を開けたままにきたのは」

「若旦那、おれは閉めてきたがねえ」

遊び仲間のひとりが立ち上がり、蔵の戸を閉めに来た。

その男がびくりと立ち竦んだ。それでも咄嗟に懐の匕首に手を伸ばそうとした。

幹次郎の手にした閂棒の先端が男の鳩尾に突っ込まれ、

うっ

という叫びを漏らした。

「どうした、猪太郎！」

異変を感じた仲間が声をかけた。

どさり

と猪太郎の体が後ろ向きに倒れ、幹次郎が、

すいっ

と蔵に入り込んだ。

蔵には他に五人の男たちがいて酒を呑み、手慰みの花札をしていた。

「おめえたちはなんだ！」

遊び仲間の兄貴分が長脇差を手に立ち上がった。

幹次郎の棒がふたたび突き出され、兄貴分の手から長脇差が落ちた。

さらに幹次郎の棒が左右に振られて、たちまち三人の男たちが気を失って倒れ込んだ。

「若旦那の市十郎、番頭義左衛門、ようも吉原会所を虚仮にしてくれましたな」

番方の仙右衛門の低い声がした。

「わああっ」

腰が抜けたか、市十郎が尻を床についたまま後退りした。

「女郎の命を金で買い、手代を横領者に仕立てて心中に追い込んだ罪、面番所は許しても吉原会所は許しませんぜ」

番頭の義左衛門が兄貴分の手から転がり落ちた長脇差を摑むと鞘を払おうとした。

「ふたりして仲良く桜吹雪に骸を晒してもらいましょうかえ」

幹次郎の棒が三度振るわれ、市十郎と義左衛門が気を失って倒れた。

夜明け、札差柿文の母屋の雨戸を押し開いた下女が桜の枝から泉水の上にぶら下がるふたつの長黒い影に気づいた。

「なんだべえ」

顔を突き出して確かめていた下女の口から悲鳴が起こった。

「た、大変だ。若旦那と番頭さんが仲良く首吊りをしてござるよ！」

第五章　葉桜千住宿

一

幹次郎の頬を、初夏を思わす風が撫でた。

仲之町に植え込まれた桜の木々は葉桜を迎えることなく取り除かれ、遊里の内外では衣更(ころもが)えの季節に移っていた。

菅笠を被った幹次郎は山谷堀を渡った。足田甚吉が住まいする久平次長屋を訪ねるためだ。

「なにより幹やんと姉様の住まいに近いや、心強い」

と長屋の感想を述べていた甚吉だが、引っ越し以来とんと音沙汰がなかった。

「幹どの、様子をみてきてくださいな」

と汀女に頼まれ、出てきたところだ。

長屋の木戸口に立つと井戸端から甚吉の弾けるような笑い声が起こった。どうやら長屋の女たちと談笑しているらしい。

「神守様」

という声に振り向くと差配の久平次が松葉杖に縋って立っていた。

「甚吉がうちにも顔を見せぬで、様子を窺いに来たところだ」

「心配はいりませんぜ」

「そのようだな」

「なにしろ長屋の女たちにだれかれとなく話しかけて力仕事なんぞを手伝う、今ではおかみさん連中の人気者だ」

「暢気（のんき）な奴だ」

「とりわけおはつさんと気が合うのか、互いに面倒をみ合ってますぜ」

「ほう、さようなことが起きておるか」

「まあ、互いに独り者だ。だれも文句は言うまいがな」

久平次の言い方には含みがあった。

幹次郎に気づいた甚吉が井戸端から立ち上がると、水を張った桶を抱えていそいそと飛ぶようにやってきた。

「幹やん、来ておったか」

「姉様が心配してな、見てこいと命じられたが、どうやらその要はなさそうだな」

「待ってくれ」

甚吉は自分の長屋には入らず、おはつの長屋の戸を開けて、

「おはつさん、これで水甕は一杯になったろう」

と言いかけた。

「いつもすいませんね、甚吉さん」

「なんの、こっちは暇なんだ。いつでも手のいるときは言ってくれ」

走って井戸端に空の桶を戻してきた甚吉が、

「お待たせ」

と言いながら幹次郎の元に戻ってきた。

「会所へ行くところだ」

男の独り住まいの長屋で向かい合うよりは、と幹次郎は甚吉を長屋の外に誘い出した。

「幹やん、いい日和だな」

甚吉は屈託がない。

「日和はいいが、甚吉、なんぞ仕事の口は当てがあるのか」

「そろそろおれも働かんとな」

甚吉は相槌を打つように言うと、

「おはつさんが勤める引手茶屋の相模屋で男衆が要るというのだ。おはつさんが夕方仕事に出るとき、連れていってもらう手筈になっておる」

「なんだ、そうなのか」

「幹やんと姉様になにからなにまで面倒をかけるわけにもいかぬからな。相模屋がいいと言うのなら働こうと思う」

「姉様は甚吉の食い扶持を気にしておられたのだ。それならば言うことはない」

「まあ、なんとか町屋の暮らしに溶け込めそうだ」

「相模屋に勤めることが決まったら知らせに来い」

「分かった」

幹次郎と甚吉は山谷堀の土手で別れた。

幹次郎が見ていると甚吉は軽やかな足取りで長屋に戻っていった。

（心配して損をしたか）

と思いながらも幹次郎は五十間道へ下っていった。

引手茶屋相模屋がどんな店構えかと思ったからだ。

相模屋は五十間道の中ほどにあった。大門外の茶屋だ、二十余軒が軒を連ねる中、大きくもなくまた小さくもなかった。大門内の引手茶屋と違うところはどれもが二階を造ることを禁じられ、平屋建てということだった。

（甚吉め、勤まるかな）

と幹次郎は余計なことを考えながら大門前に来た。すると番方の仙右衛門が待ち構えていて、

「なんぞ編笠茶屋に用事ですか」

と訊いてきた。手に数珠（じゅず）を握っていた。

「見ておられたか」

幹次郎は事情を話した。

「相模屋の男衆にね。屋敷奉公しか知らぬお方に勤まりますかな」

と杞憂を見せた仙右衛門が、

「相模屋には良い噂も悪い噂もございませんな。まあ、吉原の半籬相手に堅い商

いをしていると聞いております」

と答えた。

「甚吉は、番方の申される通り、西国のさる大名家の中間でしてな、これまで武家奉公しか知りませぬ。まあ、当人は、能天気な性格ゆえ町屋勤めのほうが気楽と言うておるで、相模屋に迷惑をかけることはあるまいと思うが」

幹次郎は一抹の不安を胸に抱きながら言った。

「大門外の中どころ以下の茶屋の男衆は、厠の掃除から薪割りまでなんでも気軽にこなさなければなりません。その割には給金が安い、十人勤めて一年後まで残れるのはひとりかふたり、まあ、神守様の手助けが要ることがこれからもありそうだ」

と仙右衛門のご託宣であった。

ふたりは肩を並べて大門を潜った。

待合ノ辻から見る仲之町がすっきりして寂しかった。植え込みの桜が取り払われたせいだ。

幹次郎は面番所を見た。するとそこに隠密廻り同心の村崎季光と御用聞きの三ノ輪の寅次が立って、こちらを見ていた。

「村崎様、もはや夏の気配にございますな」

と挨拶する幹次郎に恨みとも憎しみともつかぬ視線を投げた同心は一言も返さず、面番所に入っていった。

このところ面番所と角突き合わせる事件が続き、面番所同心の面目が潰されていた。

「同心どのに愛想がなくても致し方ありませぬ」

と仙右衛門が言い、続けた。

「札差柿文は店仕舞いに追い込まれ、株は片町組の預かりとなっています。早晩、債権のある札差が株を握り、その店の分家か古手の番頭かが新しい柿文の主に就きましょうな」

「奉公人はちりぢりですか」

「旦那の市十郎や番頭の義左衛門に苦言を呈しきれなかった古手の奉公人はまず店におられますまい。だが、手代以下の男衆や勝手女中はそのまま働くことになりそうです」

仙右衛門はさすがになんでも承知していた。

「番方、手首に数珠をしておられるがどこかの弔いか」

「見番でねえ、小吉頭取が文使いの正五郎の弔いの真似ごとをするというので招かれました。会所を出たところで神守様の姿を目に留めて、つい声をかけたのです」

「正五郎どのの弔いですか。それがしも線香を手向けたいが迷惑かな」

「老いた文使いの弔いにだれが顔を出すものですか。神守様がいらしたら草葉の陰で正五郎爺も喜びますぜ」

長閑な日差しの仲之町を奥へと進んだ。

吉原の見番は京町二丁目の裏手にあった。

水道尻近くまで歩いてきたふたりは京町二丁目の辻の木戸を潜り、直ぐに妓楼と妓楼の間の路地を蜘蛛道へと入り込んだ。幾筋か狭い路地を曲がって進むと、ふいに小さな広場にぶつかり、吉原見番の表口があった。

「御免よ」

仙右衛門が声をかけると勝手に上がった。

二階には芸者たちが住まいし、一階は三味線や踊りの稽古ができるように板の間になっていた。その板の間に粗末な祭壇が設けられ、数人の男たちが茶碗酒を呑んでいた。

小吉老人はと見ると、勝手と思しきところから丼を抱えて姿を見せた。どうやら茶碗酒のつまみにと、大根の古漬けを用意していたようだ。

「おや、仙右衛門さんにお侍、よう参られた」

長年水道尻の番小屋に勤めていた小吉が気やすく笑いかけた。

「まずは線香を上げさせてもらおう」

仙右衛門と幹次郎は祭壇の前に座して手を合わせて瞑目し、正五郎の霊を弔うため、線香を手向けた。

それで儀式らしきものは終わった。

「番方、お侍、こちらにおいでなさいよ」

と三浦屋の文使い万助がふたりの席を指した。

「正五郎に文使いを頼んでいた遊女衆に回状を回したのでさ、香典(こうでん)が来てるんで、弔い酒代には困りませんよ」

と小吉が言った。

「ならば頭取、喜の字屋から台の物を取ればよかったねえ」

と赤ら顔の仲間が言った。

幹次郎は廓内で顔を見かけた覚えはあったが名は知らなかった。

「耕三の父つぁん、そう奢っちゃあ、あの世で正五郎がおれの弔いをだしに呑み食いしやがったと恨むぜ」

小吉があっさりと受け流し、

「ほれほれ、番方とお侍に酒を注がないか」

と座の者に言った。

ふたりは茶碗酒をもらい、

「正五郎の父つぁん、冥土でのんびり暮らしな」

と仙右衛門が言いかけ、茶碗を上げた。

幹次郎も無言で真似て、茶碗酒を口に含んだ。

「これ以上、弔いに来る者もいめえ。ちょいと知らせておくことがあらあ」

と小吉が言い出した。

「身寄り頼りもねえ正五郎と思っていたがねえ、正五郎の娘というのが名乗りを上げましてねえ」

「おい、正五郎の父つぁんに娘がいたって、初耳だぜ！」

耕三が叫んだ。

「耕三の父つぁん、おれだって初めてだ」

と小吉が言い、

「どこでどう知ったか、娘の養父って男がさ、もし正五郎が亡くなったというのであれば線香の一本も上げさせてくれとおれのところに顔を出したんだ」

「どこのどいつだ」

「娘たあ、だれだ。養父とはだれだ」

万助が問い、耕三が怒鳴った。

「女衒が商いの地蔵の延之助という男だ。この男、正五郎の娘のおっ母さんと深い仲だったそうだ」

「驚いたな。正五郎の父つぁんにそんな艶聞があったとは」

「千住宿の旅籠に勤める女中のおふねというのが正五郎の娘だそうだ。ご落胤の証しに、正五郎がおふねの母親に宛てた文を何本か代理が届けてきたんだ。筆蹟は若いころの正五郎のものに間違いなかろう。その中でさ、正五郎は娘の行く末を案じていた」

と小吉が答えた。

三浦屋の万助がびっくり仰天の顔をして、

「娘は健在なんだな」

「ああ、元気だ。だが、おっ母さんは八、九年前、死んだそうだ」

と小吉が答えた。

「小吉さん、養父に会った感じはどうだったえ」

「女衒だぜ、耕三さん。如才はなさそうだが、一筋縄でいく男じゃねえだろうな。この次は娘と一緒に来ると言い残して帰った」

「騙りだな」

と耕三が決めつけた。すると仲間の文使いたちが、

「耕三さんよ、おれたち、文使いだぜ。遺すような金があるわけでもねえよ、騙りをしてなんの得があるんだ」

「おれたち、死んじゃあ、それでお仕舞いよ」

と口々に言い出した。

「もっともだ」

耕三もあっさりと前言を翻した。

文使いの正五郎の思い出や文使いの仕事の苦労のあれこれが持ち出され、一刻半ほど話に花が咲いた。

そうして仲間内の弔いは終わった。文使いには夕刻の仕事が待っていた。

万助らが最後にもう一度線香を上げて、見番から姿を消した。

その場に残ったのは仙右衛門と幹次郎だけだ。

「番方、さっきの話だがな、ちょいと汗をかいてもらう仕事がある」

小吉が言い出した。

「弔いの酒代を花魁に回状回して集めたくらいだ、正五郎が金を遺していたなんて話じゃあないな。正五郎父つぁんは借財でも遺していたか」

「驚くな、番方」

と小吉が応じた。

「長屋の後片づけをしたら、古行李(ふるごうり)の中から財布が出てきてねえ、六十五両もの大金が入っていた」

「驚いた。文使いが遺せる金子じゃねえぜ」

小吉が頷いて、立ち上がった。そして、自分の居間から紐でぐるぐると括られた古びた縞模様の財布を持ってきた。

「頭取、中身は小判だけか」

小吉が紐を解き、板の間にぶちまけた。

六十五枚の小判がざらざらと出てきて幹次郎らの膝の前に広がった。三人の顔が黄金色に輝いた。最後に小吉が財布に手を突っ込み、古びた結び文を摑み出した。

「番方、読んでみねえ」

仙右衛門が結び文を開き、幹次郎が読めるように広げた。そこには、

「千住かもん宿げんちょう寺裏
長兵衛長屋　おしんおふね
明和元年葉月朔日　正五郎記す」

とあった。

「おしんというのが正五郎の父つぁんと割りない仲になって、おふねを産んだ女だねえ」

「番方は覚えがないか。羅生門河岸におしんという女郎が一時いたことをさ」

「いつのことだ」

「宝暦のころかねえ」

「そいつは三十年も前の話だぜ、おれはようよう尻の青あざがとれた餓鬼の時分だ。覚えもなにもあるものか」

「今は無くなった半籬の妓楼の番新だったおしんはさ、花魁と揉めたとかで、自

ら羅生門河岸の切見世に移ったのさ。だが、そこに半年もいたかどうか、吉原の外に出て、千住宿に流れたのさ。羅生門河岸に身を落としたのは金子のせいじゃあないや、だから、吉原の外に出るのも意のままさ」

「地蔵の延之助と縁があったのは吉原にいるときか、それとも千住に流れてからか」

「延之助の話を聞くに羅生門河岸で客として上がり、千住に鞍替えしたあと、一緒に住んだという話だ」

「おふねの父親が正五郎の父つぁんというのは真かえ」

「延之助のほうだと番方はいわれるか」

「付き合いが重なっていれば、それも考えられよう」

「まったくだ」

「ともかく、吉原を出たあと、延之助とおしんは、千住宿で夫婦の真似ごとをやっていたというわけだな」

「吉原と違い、飯盛には通いもいるそうだ。おふねの父親代わりをして一緒に暮らしたと延之助は言っているがねえ」

仙右衛門が黙り込んだ。

なにかを考えている風だ。

「頭取、地蔵の延之助は線香を上げに来ただけですかな」

「お侍、あいつは正五郎が大金を遺したことを承知と言われるんで」

「もしかしたらと思いついたまでだ」

「なんだか符節(ふせつ)が合い過ぎるし、謎も多いや。神守様の思いつきが当たっているようだ」

「とするとまた来るな」

と小吉がふたりの顔を見た。

「延之助め、女房の昔の馴染の男、正五郎が大金を隠し持っていることを承知なら必ず現われるぜ」

番方が請け合った。

「おれには文使いの父つぁんが六十五両もの大金を遺したことが解(げ)せねぇ」

と小吉が呟いた。

「まともな金ならおふねに渡っていい小判だな」

仙右衛門が言う。

「番方、この始末、会所につけてもらおう。おれが持っていてもどうにもならない金子だ」

小吉が三人の間に散らばる小判をまた縞の財布に詰め込んで、ぐるぐると紐を巻き、仙右衛門の前に差し出した。

仙右衛門は結び文を元に戻し、紐の間に差し込んだ。

「預かろう」

小吉が小さな息を吐いて、

「肩の荷が下りたぜ」

と呟いた。

「頭取、正五郎の長屋はどうなっている」

「この金子が出てきたあと、そのままにしてあるよ」

「調べてみよう」

と仙右衛門が立ち上がった。

二

男ひとりが何十年と暮らした長屋にしては綺麗に片づいていた。

正五郎はなるべくものを置かないようにして暮らしてきたか、単衣、袷、綿入れがそれぞれ二枚ずつ、季節のもの以外は古行李に丁寧に畳まれて仕舞われていた。

この中から縞の財布が出てきたのだろう。

夜具もひと重ね、部屋の隅に積んであった。

持ち物といえばあとは鍋釜、茶碗の類だがひとり分が洗われて流しの上に伏せられてあった。

「いやにあっさりとしたものだな」

「なにもないな」

ふたりは言い合った。

三宝荒神(さんぽうこうじん)の像が祀(まつ)られた白木の神棚が竈の上に設けられ、長年の煤(すす)を浴びて黒く光っていた。

荒神様は竈神だ。

「番方、荒神様を下ろしていいかな」

うーむ

と幹次郎に答えた仙右衛門が、

「長屋で不釣合いなものと言えば荒神様かもしれませんね」

と自ら手をかけ、

「いやに重いぜ」

と呟いた。


「印伝革の財布と煙草入れ、対の細工も蝶貝の浮き彫りに根付は象牙と凝ったものだ。こいつは文使いの持ち物じゃないね」

四郎兵衛が正五郎の長屋の荒神様の中から見つかった財布と煙草入れを捻くりまわした。

「七代目、財布は空だが、元々は六十五両が入っていたものと思ってようございましょうね」

「まず間違いあるまいよ」

「どうしたもので」

「荒神様は元に戻してきたか」

「へえ」

しばし瞑想した四郎兵衛が、

「女衒の延之助が頭取に面倒をかける前に手を打とうか」

「へえっ、ならばこれから神守様と千住宿まで足を延ばしましょう」

「そうしておくれか」

仙右衛門は奥座敷から会所に立ち寄り、金次に供をするように命じた。

幹次郎と三人、大門を出たのが夕暮れ前の刻限だった。


見返り柳に見送られて日本堤を三ノ輪町に向かい、三ノ輪の辻で北へと折れた。三、四丁（三、四百メートル）も行けば千住宿に入る。

千住は江戸四宿のひとつ、日光街道と奥州街道の初宿だが、その昔、関屋と呼ばれて、起源は古い。

「関屋の里、牛田の辺をいふ。澄月〝歌枕〟には武蔵国に入れたり」

と『江戸名所図会』にはある。

文禄三年（一五九四）に千住大橋が架けられて以来、

「千住五ヶ町、掃部宿、橋戸町、河原町、小塚原町、中村町。右之分此宿町組にて、惣名千住宿と相唱」

と宿村大概帳にある。

千住宿は隅田川の両岸南北に長く広がる宿場であった。

幹次郎らが目指す千住掃部宿は千住大橋を渡った隅田川左岸の街道沿いに広がっていた。

幹次郎らは長さ六十六間（約百二十メートル）の千住大橋に差しかかった。

夕暮れの刻限、橋上は商人、野良帰りの百姓、駕籠、荷馬などが大勢往来していた。江戸でも最も古いこの橋は、

「荒川の流に架す。奥州街道の咽喉なり。橋上の人馬は絡繹として間断なし。橋の北一、二町を経て駅舎あり。この橋はその始め文禄三年甲午九月、伊奈備前守奉行として普請ありしより、今に連綿たり」（『江戸名所図会』）

とその謂れを記す光景を呈していた。

その橋の中ほどに差しかかったとき、仙右衛門が、

「神守様、おふねが勤める旅籠の名が分かりませんや。まずげんちょう寺界隈を当たりますか」

と話しかけ、金次におよその事情を告げると寺がどこにあるかだれかに訊いてこいと命じた。

正五郎は寺名をただげんちょう寺としか記してなかったのだ。

金次が呑み込んで走り出した。

橋を渡り切ったところは橋戸町だ。

橋の袂は小さな広場になっていて、辻駕籠が客を待っていた。さらに道の左右に御用地があった。宿場から火が出たとき、橋に燃え移らないようにこの火除け地で食い止めるためだろう。

ふたりが足を止める間もなく金次が走ってきた。

「源長寺は街道と掃部堤が交差する西側奥にある寺だそうですぜ」

「よし、案内しねえ」

と仙右衛門の返答に金次が先に立って歩き出した。

「番方、おふねってのは、飯盛女かねえ」

「さあてな、母親がそうで、養父が女衒だ。少なくとも女郎の苦労は重々承知だろうぜ」

とだけ仙右衛門が答えた。

河原町と掃部宿を分かつ掃部堤に差しかかった。

この掃部堤の名は、荒川の治水を考え、水防のための堤を築いた石出掃部亮に由来するという。

その掃部堤を越えて西に折れた。

細長く延びる町屋の裏手に源長寺はあった。

偶々通りかかった女のふたり連れに、長兵衛長屋はどこかと金次が訊いた。

「長兵衛長屋は代替わりしてさ、お不動長屋と名を変えたよ。私らもそこの住人さね」

と中年の女が答えた。若いほうは娘か、容貌がよく似ていた。

「こいつは好都合だ。昔のことだ、長兵衛長屋におしんさん、おふねさんの親子が住んでいたはずだ。おふねさんは今も住んでおられるか」

と仙右衛門が訊いた。

「おしんさんとおふねさん親子が長兵衛長屋に住んでいたのは、十七、八年前のことで、古い話だよ。もうとっくに引っ越していないよ」

「この界隈に住んでいると聞いてきたが今の長屋は知らないかえ」

「わたしゃ知らないね。おしんさんは悪い人ではなかったがさ、一緒に住んでいた亭主が嫌な奴でさ。わたしゃ、今、思い出しても虫唾が走るよ」

と言うと女が肩を竦めた。

「地蔵の延之助のことか」

「ああ、そんな名だったねえ。あいつは長屋の娘を見ると吉原の大籬に仲介するぜ、そうすれば楽して暮らしが立つなどと平気で持ちかける男でねえ。あいつらが引っ越したときは、長屋じゅうがほっとしたものさ」

「おかみさん、様子はおよそ分かった」

「どこに行こうとさ、あんな野郎がくっついているかぎり、おしんさんもおふねさんも浮かばれまいね」

と女が言い切った。

「おしんさんは八、九年前に亡くなったそうだ」

「最後まであの男と一緒だったのかねえ」

「さてそこまでは分かっちゃいねえ」

と答えた仙右衛門が、

「なんとしてもおふねさんに会いたくて府内(ふない)から出てきたんだがねえ。長屋の他の住人は知らないかねえ」

と重ねて訊いた。するとそれまで黙っていた娘が、

「府内からわざわざ出てこられたということは悪い話ですか」

と訊いた。

「たしかに悪い話かも知れないが、おふねさんはすでに承知のことだ。実の父親が亡くなったのさ、その後始末でこうやって雁首を揃えてきたのさ」

吉原会所と染め抜かれた仙右衛門の長半纏を見た娘が、

「わたし、おふねさんが働いている旅籠なら知っています」

と答えた。

「千住二丁目の佐倉屋さんです」

「なにっ、おふねちゃんは佐倉屋で飯盛をやっているのかえ」

と母親が驚き、

「やっぱりね。女衒がついているからね、わたしが言った通りだよ」

となぜか胸を張ってみせた。

「手間を取らせたな」

仙右衛門は礼を言うと幹次郎と金次を促し、表通りに戻った。

千住宿の高札場があり、一里塚も見えた。

「大千住――右江戸より奥州街道出口なれば随分広宿也。旅籠屋飯盛多く有之処なれど、大ひに事替わり、四六見世なり。異風にてよろしき場所也」

と『花散る里』は記している。又『岡場遊郭考』には、こうある。

「当時遊女屋一丁目より四丁目迄総て三十一軒。値段四寸、芸者同断……」

「紫鹿子に云、此浄土、髪衣装は吉原の河岸を真似、たいてい高慢なる処なり。しかし人柄およばず……」

「神守様、佐倉屋を訪ねる前に千住宿の総代、常陸水戸屋を訪ねましょうかな」

と仙右衛門が吉原会所と繋がりを持つ千住の旅籠で情報を得ようと言った。

吉原会所は江戸四宿のどこにも繋がりのある旅籠や飯盛旅籠があった。

千住のそれは常陸水戸屋というのか。

常陸水戸屋は高札場近くに堂々とした店構えをしていた。

「お客人、泊まりかねえ。飯盛ならこの先だ」

と男衆が声をかけ、

「おや、吉原会所の番方ではございませんか」

と仙右衛門に気づいた。

「番頭の伝蔵さんに知恵を借りたくて面を出した、おられるかい」

へえっ、と答えた男衆が奥へ仙右衛門らの到来を告げた。

仙右衛門らは広い土間に入った。すると帳場から五十絡みの男が、

「番方、久しぶりだねえ」

と飛んで出てきた。

「伝蔵さんも元気そうでなによりだ。川を挟んで近くに住んでいるのにお目にかかる機会もない、無沙汰をしてすまない」

と謝る仙右衛門らを、

「まあまあ、挨拶はそのくらいで」

と帳場に招じ上げた。

旅籠では夕餉の刻限だ。

常陸水戸屋の夕餉は膳を部屋出しするようで、女衆が忙しげに階段を上り下りする物音が帳場にも伝わってきた。

帳場には目の見えぬ按摩が控えていた。

「番方、なんだねえ、用事とはさ」

仙右衛門がざっと経緯を話した。

「おしんとおふねの親子かい、千住宿に暮らしながらその名に心当たりはないがねえ、佐倉屋なら承知だ。飯盛女を五、六人置いているが、その中におふねがいたかどうか。だれぞに訊かせに行こうか」

「いや、伝蔵さん方の手を煩(わずら)わすこともない」

「だが、女衒の延之助の評判は聞いておりますよ」

「ほう、どんな評判です」

「女衒なんてものの評判はいいはずもない。だが、こやつはその中でも評判の悪い女衒です。数年前までは陸奥、出羽辺りから娘を買ってきて、宿場の飯盛に仲介してまして、えらく羽振りがよかったようでしたがねえ、飯盛旅籠筆頭の下総屋さんの預かり金を誤魔化したとか、千住の大所の飯盛はもう延之助の出入りを許してないと聞きました」

「ならば金に困っておりますか」

「おりましょうな」

と答えた伝蔵が、

「それでも古参の女衒です。下総屋さんに隠れて延之助を使う飯盛もいましてねえ、なんとか生き延びているようです。私の知るところはそんなものですよ」

と答えたとき、それまで黙っていた按摩が、

「番頭さん、目は見えないが耳は聞こえる。つい話を聞いちゃった」

と言い出した。

「辰の市さん、なんぞ承知か」

「おふねさんのことでございますよ」

「ほう、按摩さん、おふねを承知か」

と仙右衛門が問い返した。

「へえ、ときに佐倉屋に出入りしますんで知っています。おふねさんは飯盛ではございません、帳場から勝手を仕切る女衆で、飯盛からも出入りのわっしらからも佐倉屋はおふねさんで持っていると信頼厚いお人です」

仙右衛門はちょっと感じが違ったかという表情を見せた。

「おふねさんは佐倉屋の裏手の長屋で大工の亭主の春吉さんとふたりの子と仲良く暮らしておられます」

「佐倉屋には通いかえ」

と伝蔵が訊いた。

「へえ、通いです」

幹次郎は今度の一件にはおふねは関わっていないようだと思いながら、

「辰の市どの、そなた、養父の延之助とおふねの関わりを存ぜぬか」

と訊いた。

辰の市の見えないはずの目がゆっくりと幹次郎に向けられ、

「おや、お侍が控えておられましたか」

とどこか驚いた様子で訊いた。

「それがし、吉原会所に世話になっている者でな」

「不思議なことに旦那がいる気配が全く感じられないや。おまえさま、剣術の腕はなかなかでしょうねえ」

と得心したような表情で感想を述べた。

「おふねさんは養父の延之助が嫌いで十いくつのときから佐倉屋に住み込みの女中奉公に出たんですよ。ところが延之助め、しばしば佐倉屋を訪れては、女中では稼ぎにならない、吉原の大籬を仲介するから女郎になれと脅すようにしつこく言いに来たそうです。ですが、おふねさんは頑として聞かなかった。母親のおしんさんが亡くなって、ようやく延之助との縁は疎遠になっていると聞いていましたがねえ」

「辰の市さん、大いに助かった」

仙右衛門が按摩の傍に膝を進め、二朱を掌に摑ませた。

「これは番方、すいませんね」

という辰の市の声を合図に三人は常陸水戸屋の帳場から辞去しようとした。

「番方、お侍、近ごろ、地蔵の延之助は宿場に流れ着いた浪人剣客と組んで、荒仕事に手を出していますよ。気をつけなすっておくんなせえ」

と辰の市が言った。

「ほう、それは面白い話だな。辰の市さん、浪人どもは何人かな」

「なんでも西国の出の剣術家でねえ、宅元流の猪俣海蔵って手練れが頭分でさ、五、六人と聞いたがねえ」

「塒をご存じか」

幹次郎が訊いた。

「千住宿外れの安養院裏の百姓家の納屋に巣くってますよ」

「大いに手間が省けた」

「仙右衛門さん、佐倉屋を訪ねるならば、番頭の孫七さんを名指ししなせえ」

と言う伝蔵に仙右衛門が礼を述べてふたたび通りに戻った。

「佐倉屋が先ですねえ」

との仙右衛門の考えに頷いた幹次郎らは一丁ばかり北へ進んだ、火の見櫓の隣に佐倉屋の軒行灯を見つけた。

番頭の孫七を呼び出すと六十過ぎの年寄りで、

「おふねさんのなにが知りたいのですか」

と気にした。

「おふねさんの実のお父つぁんが亡くなったんでねえ、こうして吉原から後始末の相談に来たのさ」

「幼いころに別れたとは聞いたが、生きていましたかえ」

「文使いをして暮らしていたよ」

「吉原の文使いでしたかえ。延之助よりはずっとましのようだ」

「番頭さん、正五郎さんは最後の最後までまっとうな暮らしぶりだったぜ」

仙右衛門は答えたが正五郎が殺されたことは告げなかった。

「女衒の延之助と比べて悪かったな」

「今もおふねさんは働いてなさるか」

「おふねさんは明け六つから暮れ六つまでだ。この刻限には長屋にいますよ」

「孫七さん、すまねえがおふねさんを呼び出してもらえないかねえ」

「会所の人、もちっと待ってくれませんか。今ごろ、亭主と子供の夕餉の仕度の最中だ」

「いいとも。いつまでも待つぜ」

仙右衛門が答えると、

「吉原とは様子が違うだろうが、うちの勝手で待ちなせえ」

と幹次郎らを飯盛旅籠の勝手に引き入れようとした。

仙右衛門は金次に、

「おめえは外で見張っていろ」

と命じ、幹次郎だけを伴った。

三

五つの刻限、孫七の使いが裏口から連れてきたおふねは、何度も水を潜ったと思える青梅縞(おうめじま)を着て、頭髪は女房髷(まげ)にきりりと結い上げていた。そして、暗い顔立ちながら聡明そうな瞳が幹次郎の印象に残った。

「番頭さん、お呼びでございますか」

「おふねさん、夕餉の刻限にすまねえ。おまえさんに吉原会所の番方が話をしたいと見えているんだ」

おふねが仙右衛門の長半纏を認めて小さく頷くと、

「番頭さん、漬物蔵をお借りしてようございますか」

と断った。

「そうだなあ、母屋では落ち着くまい、ちょいと糠臭いがあちらがいいか。今、手炙りを運ばせよう」

「すいません」

腰を屈めて謝ったおふねが、

「一旦外に出ていただけますか」

と仙右衛門らを案内する様子を示した。

「おふねさん、すまねえ」

仙右衛門が謝り、幹次郎と一緒に立ち上がった。

漬物蔵は佐倉屋の裏庭にあって、蔵と称するよりは小屋と呼ぶほうが似つかわしいほどの造りだった。

「ちょいとお待ちください」

と言い残し、おふねが先に入った。漬物小屋に差しかけるように痩せこけた葉桜の木があった。

「こちらにどうぞ」

行灯に火が入れられ、その声がした。

佐倉屋の家族や奉公人たちが三度三度食する漬物を漬けた樽が床に並び、その一角に三畳ほどの広さの板の間があった。どうやら漬物を漬ける合間に女衆が憩(いこ)うための板の間のようだ。狭い蔵には糠の臭いが漂っていたが、塵(ちり)ひとつ落ちていないほど綺麗に掃除されていた。

「すいません、こんなところで」

「なあにもかまわないよ」

「通いの女たちの休み場所なんです」

とおふねが言ったところに男衆と番頭の孫七自らが手炙りと茶を運んできた。

「番頭さん、すいません」

「孫七さん、すまねえ」

おふねと仙右衛門が同時に言った。

「ゆっくり話しなせえ」

孫七たちが姿を消すとおふねが、

「お父つぁんが亡くなったそうですね」

と話を切り出した。

「承知していたかえ」

「延之助がわざわざ長屋に知らせに来ました」

「その口調は養父が嫌いなようだな」

「養父なんかじゃあありません。私はおまえが十四、五歳になったら吉原に売ると言い続けられて育ちました。ですから、私、先手を取って佐倉屋さんの住み込みの下女になったのです」

「よう頑張りなさったな。何年、勤めなされた」

「十六年でしょうか、十七年でしょうか。延之助は佐倉屋に何度も怒鳴り込んできましたが、先代の旦那が気丈な人で、血は繋がってないとはいえ、仮にも養父、娘を吉原に売って楽をしようという魂胆が好かねえと延之助が来るたびに怒鳴り返しました。そのお蔭でおっ母さんのように女郎さんにもなることなく、今の亭主とも出会うことができました」

「お子がふたりあると聞いたが幸せのようだな」

仙右衛門の言葉に小さく頷いたおふねは、

「お父つぁんは殺されたと延之助が言い残していきましたがほんとのことなんですか」

「残念ながらほんとのことだ」

仙右衛門は文使い正五郎が天紅事件に巻き込まれて殺された経緯を告げた。

話の途中からおふねの瞼が潤み、ぼたぼたと涙を流し続けた。

幹次郎が懐から手拭いを出すとおふねに差し出した。大粒の涙を零すおふねがふいに顔を上げて幹次郎を見ると、

「お侍様、手拭いは持っております」

と青梅縞の袖から出し、瞼に押し当てた。

悲しみのあまり涙を拭うことすら忘れていたようだ。

「おまえさんは正五郎が実の父つぁんだといつ知りなさった」

「七、八歳のころだと思います。おまえの父親は吉原の男衆の正五郎だとおっ母さんが教えてくれました。延之助が父親でないと知らされ、無性に嬉しかったものです」

「娘のおまえさんには厳しい問いだが、おまえさんがどうして正五郎父つぁんの娘だとおっ母さんは確信しなさったのかねえ。延之助とも長年夫婦同然の暮らしを続けてきたというじゃないか。どうして、延之助が父親といえないのかねえ」

「延之助は若いころ、高熱を発した病が因で、種無しになったとかおっ母さんは

申しておりました」

頷いた仙右衛門がさらに、

「おふねさん、おまえさんは正五郎父つぁんに会ったことはなかろうねえ」

「それが」

「会ったことがありなさるか」

「いえ、あの方がお父つぁんかどうか知りません。ただ、何度か佐倉屋さんに宿を取り、飯盛りも上げずに私を呼んで夕餉の給仕を頼まれる方がございました。そして、翌朝には帳場に私宛てに一両を包んだ心づけを必ず遺していかれました」

「いつごろのことだ」

「おっ母さんが亡くなった後のことです」

「間違いなく正五郎だねえ」

座にしばし沈黙が続いた。三人がそれぞれに文使いの正五郎の風貌を思い浮かべていた。

「私のお父つぁんはどんな人でしたか」

「一生の大半を吉原の中で文使いとして生きてきたがねえ、どの花魁にも客にも好かれた男衆だったよ」

「どうしておっ母さんはお父つぁんと夫婦にならなかったんでしょうか」

「もはやおまえさんの問いに答えられる人はいないや。だがな、ひとつだけ推量で言えるとしたら、公儀の許したただひとつの遊里の吉原は男衆と女郎衆が一緒になることを、どこの遊里にも増して厳しく戒めているんだ。それがおっ母さんを千住宿に住み替えさせた因かもしれないぜ」

「ならばお父つぁんも一緒に吉原を出ればよかったじゃないですか」

おふねの言葉はふたりの男の胸をぐさりと突き刺す鋭さを持っていた。

仙右衛門はしばしなにも答えられなかった。

おふねは手拭いを瞼に当てて泣いていたが、

「番方、すいませんでした」

と謝った。

「おふねさん、おまえさんの気持ちは痛いほど分かる。だが、そいつばかりは正五郎の父つぁんとおしんさんしか、たしかなことを答えられめえ」

おふねが頷き、

「御用はこのことでしたか」

と訊いた。

「いや、違う」

仙右衛門が正五郎の弔いに始まった新たな展開を告げた。ただ、荒神様の神棚に印伝の財布と煙草入れが隠されていたことは話さなかった。

おふねが目を丸くして仙右衛門らを見た。

「お父つぁんはやはり大金を遺していたのですね」

「おふねさん、なにやら承知のようですね」

「おっ母さんが亡くなる前のことです。私を枕元に呼んで、吉原を訪ねて父親の正五郎に会え、おまえに苦労をかけた分の金子を貯めてあると言いました。いつのころか分かりませぬが、お父つぁんがそうおっ母さんに喋っていたようです」

「そう聞いたのはいつごろのことだえ」

「おっ母さんが死んだのは安永(あんえい)七年（一七七八）の夏のことですから、九年前のことです」

「おふねさんは吉原を訪ねられたか」

いえ、とおふねは顔を横に振った。

「春吉と一緒になっていましたし、ささやかな幸せを崩したくございませんでした」

「実の父親から金子をもらうことでおまえさん方の暮らしが崩れると考えなされたか」

「こんな飯盛旅籠で奉公していますと分かります。持ち慣れない金を持って、身を持ち崩す男や女をたくさん見て参りました」

仙右衛門が大きく頷いた。

「おふねさん、どうしてこのことを地蔵の延之助が承知していたと思いますな」

「番方、遊女上がりのおっ母さんの頼りはどんな男だったとしても延之助ただひとりでした。男と女がひとつ屋根に暮らせばなんでも話しましょう」

「正五郎の父つぁんがおまえさんの行く末を案じて出した文も延之助は読んだと思われますかえ」

「お父つぁんがそんな文をおっ母さんに送っていましたので」

「知らなかったか。その文も後々銭になると思い、延之助がしっかりと握っていたようだねえ」

と答えた仙右衛門が、

「どうやらおよその事情は摑めた」

として続けた。

「おふねさん、延之助が正五郎父つぁんが遺した六十五両を横取りするのはなんとしても許せねえ。だが、おまえ様にはその金子を受け取る資格がありそうだ」

おふねは首を激しく横に振った。

「私はいりません。今の暮らしを無くしたくはありません、ただそれだけです」

「分かった」

と仙右衛門が答え、

「おふねさん、手間をかけた。早く亭主と子の待つ長屋に戻ってくんな」

「はい」

と返事したおふねが立ちかけ、

「延之助はなにか言ってきましょうか」

とそのことを案じた。

「延之助の始末は吉原会所がつける、心配しないでいいぜ。すべて終わったら、なにはともあれ、正五郎父つぁんの墓参りをしてくれまいか。正五郎父つぁんが墓参りしてもらって一番喜ぶのはおまえさんのようだ」

「はい。必ず伺います」

とおふねがはっきりと返答した。

佐倉屋を出たとき、さすがの千住宿にも人影ひとつなかった。

「金次」

仙右衛門が低い声で呼ぶと火の見櫓の暗がりから金次が姿を現わした。

「待たせたな」

「吉原とはだいぶ違いますね。寂しいや、番方」

「いくら江戸四宿とはいえ、吉原と一緒になるものか」

仙右衛門が幹次郎を顧みた。

「番方、安養院裏の百姓家を訪ねてみるか」

延之助と不逞の浪人たちが塒にしているという家だ。

「この刻限、探し切れますかねえ」

と仙右衛門が案じた。

「番方、見当はつけてあります」

「ほう、金次も気を利かすようになったか」

と褒めた仙右衛門が、案内しろと命じた。

安養院は正嘉元年（一二五七）に開創された寺で、将軍家が鷹狩りに来た際の休憩所として知られていた。その安養院の西側に雑木林に囲まれた百姓家があり、その敷地の一角に延之助が巣くう納屋があった。

灯りが点っているところを見ると人がいるらしい。

（どうしますか）

という顔で仙右衛門が幹次郎を見た。

「番方、おれが様子を窺ってこよう」

金次が言い、

「無理をするな」

と言いつつも仙右衛門が送り出した。

幹次郎は雑木林に転がっていた丸木から手ごろなものを拾った。押し込むときの用意だ。

金次が戻ってきた。

「番方、いるのはふたりだぜ」

「町人か、侍か」

「侍だな、囲炉裏端で酒を呑んでやがる。延之助じゃなさそうだ。どうも他の奴らが直ぐに戻ってくる気配はないな」

仙右衛門の顔が幹次郎を振り向き、

「押し入りますか」

と言った。

幹次郎はただ頷いた。

金次が板戸を開き、仙右衛門が敷居を跨ぎ、幹次郎が続いた。

夜風が囲炉裏の火を揺らし、ふたりの浪人者が酔眼を向けた。

「おんしら、なにもんや」

ひとりが西国訛りで叫んだ。

「吉原会所の者でねえ」

「吉原会所やと」

ふたりの手が傍らの剣にかかった。

「女衒の延之助はどこです」

「さあて、どこへ行かれたのかのう」

薄ら笑いをしてひとりが立ち上がった。続いて立ったのは反対にひょろり

小作りながら太鼓腹が大きく迫り出ていた。

とした長身だ。

「宅元流猪俣海蔵どのもお出かけか」

幹次郎が拾った丸木を手に問いかけた。

「おらぬのう」

「行き先を教えてもらえますかえ」

「聞いておらぬな」

と答えた太鼓腹が剣を腰に差し落とした。その挙動には実戦を重ねてきた自信が見られた。

「教えていただけませぬか」

幹次郎の問いに鼻先で笑った太鼓腹が、

「よい機会じゃき、会所の力をちと殺いだろうか」

と呟きながら剣を抜いた。

幹次郎は丸木を上段に構えつつ、

「囲炉裏端では狭うござる。こちらに参られぬか」

と土間での戦いを指示した。

「おのれ、猪口才もんが」

と長身の侍が囲炉裏端を回り込むと板の間から土間に飛び降りようとした。

不動のままに立っていた幹次郎が動いたのはその瞬間だ。

長身の侍に向かって突進すると虚空に浮いていた長身の侍の胴を丸木で叩き打った。

不意を衝かれた長身の侍は足が土間に着く前に横倒しに吹き飛ばされて、上がり框で強か頭を打ち、動かなくなった。

幹次郎の丸木はふたつに折れていた。

「こん野郎が」

疾風怒濤の突きが幹次郎を襲った。

太鼓腹はなかなか迅速な動きで剣を遣った。

幹次郎は折れた丸木でなんとか切っ先を弾いた。

太鼓腹は板の間から土間に飛び降りると、
くるり
と反転した。

そのわずかな隙に身を回しながらも幹次郎は丸木を捨て、藤原兼定の柄に手を伸ばした。

太鼓腹は二尺一寸（約六十四センチ）ほどの剣を正眼に構え直して、ふたたび突進してきた。

弾んだような動きには侮りがたい危険が秘められていた。

幹次郎は間合の内に踏み込みながら、抜き放った兼定で相手の剣を撥ね上げた。

きーん

と刃と刃が響き合う音がして火花が散った。

ふたりはその直後、二の手を振るい合った。

正眼の剣を弾かれた太鼓腹は剣を引きつけ、幹次郎の肩口を袈裟に狙った。

幹次郎は虚空にあった兼定を翻すと相手の喉元に落とした。

互いの生死の間合内で振るわれた剣は、ほぼ同時に相手の体に到達したかに見えた。だが、一瞬の差で幹次郎の切っ先が喉元を刎ね斬って、

ぱあっ

と血飛沫を撒き散らし、

どさり

と太鼓腹の体が土間に弾んで勝負はついた。

四

幹次郎らは夜道を駆けた。

ただ必死で吉原に向かって走った。

幹次郎に丸木で叩かれ、気を失った長身の侍の背に活を入れて、息を吹き返させた。その上で改めて女衒の地蔵の延之助、猪俣海蔵らが出かけた先を問うた。すると、見番頭取の小吉を責めて文使いの正五郎が遺した大金を奪い取ろうと企てて吉原に潜入したことが判明した。

「しまった！」

三人は千住宿外れの百姓家の納屋を飛び出し、千住大橋を渡ると、三ノ輪の辻から日本堤へ走り、見返り柳を衣紋坂、五十間道と駆け下って閉じられた大門脇の通用口を潜り抜けた。すると会所の様子が騒がしかった。

さすがにいつもの路地の間の裏戸へと廻る余裕はなかった。

戸を開けた金次に続き、仙右衛門、幹次郎の順で会所の広土間に飛び込んだ。すると額に白布を巻いた小吉の姿が目に入った。

「頭取、無事でしたか」

血相を変えて戻ってきた三人を小吉と四郎兵衛が迎えた。

「おおっ！　番方に、神守様か。女衒の野郎に先を越されました」

と四郎兵衛が答えた。

「そいつを知ったのがつい最前のことなんで。知らせが間に合いませず申し訳ないことにございます」

と仙右衛門が詫びて、幹次郎が問うた。

「小吉さん、怪我は如何かな」

「おれは大したことはねえ、突き飛ばされて柱にぶつかっただけだ。おれを助けようとした長吉さんが延之助に匕首で背中を」

「なにっ、長吉の傷はどうだ」

と仙右衛門が叫んだ。

「深さ三寸（約九センチ）ばかり抉られたが脇腹でな、血止めの手当ては終わったところだ。血が出たわりには命は別状ないとお医師が言っておる」

「よかった」

と仙右衛門が、

ぺたり

と上がり框に腰を落とした。

「四郎兵衛様、なにが起こりましたので」

「神守様、おまえ様方が出かけたと行き違いに延之助らが吉原に参り、五十間道裏の昔仲間の家に小吉さんをさ、おふねを連れてきたと言って呼び出したのだ」

「おれはさ、会所から、女衒のことだ、くれぐれも気を緩めるな、何を言ってくるかもしれないぞと注意を受けていたにも拘らず、おふねの名につい血迷って会所にも相談せず遊里の外に出てしまったんだ」

申し訳なさそうに小吉が補足した。

「小吉どのが出かけた直ぐあとに長吉らがそれに気づき、大門の外に呼び出されたことが知れた。茶屋の男衆がさ、小吉頭取が五十間道の高札場の裏手に入り込んでいったのを見ていたので、あの界隈を虱潰しに探したってわけだ」

「七代目、頭取、延之助の連れてきた女はおふねではございませんぜ」

仙右衛門が言った。

「番方、おれもおふねという女をひと目見て分かったよ、こいつは娘じゃないとね。連れてきたのは性悪そうな飯盛だ」

小吉が面目なさそうに応じた。

「正五郎父つぁんはさ、おしんが亡くなったあと、旅人を装って佐倉屋に泊まり、おふねに夕餉の給仕なんぞさせて朝には過分の心づけを残していったそうな」

「番方、正五郎はそんなことをしていたか」

「ああ、おふねのほうもあの方がもしや私のお父つぁんではと察していたよ」

「なんてこった」

小吉はまるで自分がおふねの父親のように驚き、

「正五郎め、正直に言うがいいじゃないか。おれがなんとでも仲を取り持ったものを」

と嘆いた。四郎兵衛が、

「小吉頭取が娘じゃないと喚き出したので延之助は居直りやがった。正五郎が、さあ遺した金を出せと脅しているときに長吉らがその家に飛び込んで騒ぎが起こったというわけだ」

「長吉は命に別状ないのでございますね」

と仙右衛門が念を押した。

「ないよ、番方」

「よかった」

と胸を撫で下ろした体の仙右衛門が、

「延之助らはどうしました」

「長吉が刺されたんで宮松たちが騒いだ。その声に延之助め、今度はほんもののおふねを連れて戻ってくるぜと捨て台詞を残して吉原から消えたそうだ」

「ようやく辻褄が合いました」

と頷いた仙右衛門が千住宿で知り得た話を手際よく報告した。

「おふねはやはり正五郎の実の娘だったんだねえ」

小吉がしみじみと言った。

「正五郎とおしんの間になにがあったか知らないが、おしんは吉原を出るに際して女衒の延之助を選んだ。だがな、小吉父つぁん、血は血を呼ぶ。さっきも話したがおふねも正五郎も、父親とその娘だって、互いに承知していたのさ」

「さてこの始末、どうしたものかねえ」

四郎兵衛が言い、幹次郎が、

「今晩のうちに決着をつけたほうがいいように思えます」

「神守様は延之助がおふねを人質に取ると申されますので」

「養父とは名ばかり、鬼畜にも劣る人物のようです。なにをしでかすか分かりませぬ」

「長吉の仇もございます」

四郎兵衛が決断したように頷き、

「新三郎、船の用意を」

と命じた。

「おれも行こう」

と言う小吉に四郎兵衛が、

「頭取、餅は餅屋に任せることだ」

と許しを与えなかった。

今戸橋際から会所の屋根船が二丁櫓で隅田川へと漕ぎ出された。

この船、屋根船とはいえ、並みの屋根船より小ぶりで軽く、船体も細い。二丁櫓のせいでぐいぐいと上流へ突き進んだ。

月明かりの隅田川が蛇行すると荒川へ名を変える。

この荒川左岸、千住三丁目と掃部宿入会地の間に牛田堀とも田古川とも土地の人に呼ばれる運河が口を開けていた。

二丁櫓の屋根船は牛田堀から千住井堀に入り、交差する掃部井堀を越えて、日光街道の分かれ道、下妻橋（しもつまばし）下に到着した。

延之助らが塒にする安養院裏の百姓家はすぐそこだ。

「神守様、延之助の仲間も生かしておいては世のため、人のためにならぬようだ」

屋根船から出た四郎兵衛が幹次郎に言った。

「承知仕（つかまつ）った」

幹次郎は短く答えた。

四郎兵衛を頭に番方の仙右衛門、会所の若い衆の新三郎、宮松、金次ら五人、幹次郎を入れて総勢八人だ。

仙右衛門は懐に匕首を呑んでいた。

若い衆はそれぞれ赤樫の木刀やら六尺棒を手にしていた。

「宮松どの、木刀を借してくれぬか」

幹次郎は宮松が手にしていた木刀を借り受けた。

先ほど幹次郎らはふたりの浪人剣客を始末していた。気を失い、延之助らの行

き先を喋った長身の浪人者には、

「もはや延之助にも猪俣にも合わす顔があるまい、早々に千住宿から立ち去りなされ」

と因果を含めて逃がしていた。となると延之助らは総勢六、七人と思えた。

数では互角だが、なにしろ相手は剣術家だ。

幹次郎は心中、猪俣海蔵ら剣術家は己が引き受けねばと覚悟した。

一行はひたひたと夜道を進んだ。

一刻半ほど前までいた百姓家の納屋には灯りが点っていた。

阿吽の呼吸で表組と裏口組に分かれた。

表からの侵入は四郎兵衛、仙右衛門、それに幹次郎だ。裏手に廻ったのは新三郎ら、若い衆五人だ。

「おふね、ちったあ父親の言うことを聞くもんだぜ。亭主や餓鬼が可愛くないか」

「おまえは父親なんかじゃない、ただの獣です」

おふねの声が応じた。

「ほう、獣と抜かしたな。獣がどんなものか後で見せてやろうか」

なんと延之助はおふね一家をこの納屋に連れ込んでいるようだ。

四郎兵衛が傍らに立つ幹次郎を、

(どうしたものか)

という表情で顧みた。

四郎兵衛の顔は納屋から漏れる一条の灯りで右半面だけが浮かび、左は闇に沈んでいた。

幹次郎は微笑みかけた。

頷き返した四郎兵衛が薄く開いていた引き戸を引いた。

夜風が納屋に流れ込み、

「だれだ」

という延之助の喚き声がした。

四郎兵衛が太鼓腹の剣客が未だ斃(たお)れたままの土間を進み、

「女衒の延之助、官許の遊里を取り仕切る吉原会所を虚仮にしてくれましたな」

と一座を睨み回した。その傍らには番方の仙右衛門が従っているだけだ。

囲炉裏端では猪俣海蔵らが茶碗酒を呑んでいた。

「七代目頭取とか抜かして威張り腐る茶屋の主が直々に千住宿までお出張りか」

延之助がせせら笑った。

囲炉裏のある板の間の奥におふねと春吉の夫婦、子供がふたり、父母の腕に抱かれて怯えた顔を見せていた。

「おふねさん、亭主どの、怖い思いをさせたな。もうこれ以上、女衒の延之助の好き放題にはさせませぬよ」

青ざめた顔のおふねががくがくと頷いた。

「抜かせ！」

と喚いた延之助が、

「猪俣先生、始末を頼む」

傍らで黙々茶碗酒を呑む巨漢に言った。

「延之助、払いはいつだ」

「ご心配なく、こやつを殺せばたんまり出すよ」

茶碗に残った酒を呑み干した猪俣が茶碗を囲炉裏の火に投げ入れ、立ち上がった。同時に手下五人も従った。

「吉原会所には裏同心とか申す用心棒がおるそうだが、今宵はおらぬか」

海蔵が四郎兵衛を睨んだ。

そのとき、裏口が引き開けられて新三郎らが六尺棒を構えて姿を見せた。

猪俣と手下たちの注意が一瞬裏口に向けられた。

その直後、納屋に旋風(つむじかぜ)が吹き荒れた。

けえええっ！

奇声が響き、四郎兵衛と仙右衛門の背後から幹次郎が飛び出した。

「野郎(わろ)がこげんとこにおったど！」

「突っ殺せ！」

裏口から幹次郎へと視線を巡らした剣客たちの輪に幹次郎は自ら飛び込み、木刀を右に左に振るった。

その動きは一瞬たりとも同じ場所に留まることなく、土間から板の間へ、板の間から土間へと飛び跳ねた。

旋風が吹き去ったとき、納屋のあちこちに肩を砕かれ、腰を叩かれた剣客たちが倒れて呻いていた。

呆然と立つ延之助の傍らで猪俣海蔵が、
　にたり
と笑った。

「おんし、薩摩示現流を遣いやっか」

「そなたは宅元流じゃそうな」

薩摩加世田の住人、是枝加藤左衛門宅元が創始した剣で、示現流の創始者東郷肥前守重方の流れを汲んでいた。

ふたりは同門とも言えた。

板の間にある猪俣が剣を抜いて上段に負った。

幹次郎は木刀を投げ捨てた。

猪俣が訝しい顔をした。

薩摩示現流にあって木刀は剣以上の威力を発揮した。

その木刀を幹次郎は捨てたのだ。

「おっし、馬鹿にし腐ったか」

巨漢の四角い顔が見る見る紅潮して、額に血管が浮き出た。

土間にある幹次郎と板の間に立つ猪俣海蔵の間合は三間（約五・五メートル）。

幹次郎は動かない。

それを見た猪俣が仕掛けた。

板の間を走りながら、叫んだ。

ちぇーすと！

奇声が納屋を震わせて、幹次郎の腰が沈んだ。

猪俣が板の間から幹次郎に向かって跳んだ。

幹次郎の腰がさらに沈み、右手が柄へと走り、手首が翻り、一閃した。

光が疾（はし）った。

頭上から重い風圧を感じながら、幹次郎の口から、

「横霞み」

の言葉が漏れた。

幹次郎の額を打ち砕かんばかりに接近した剣からふいに力が抜けて横へと体が弾き飛ばされた。

眼志流の秘剣横霞みが猪俣海蔵の胴を深々と両断して飛ばしていたのだ。

どさり
と土間に巨体が転がり、口から断末魔の呻き声が漏れ、体が痙攣（けいれん）した。

幹次郎が沈んだ姿勢から身を伸ばした。

「ふええっ」

と女衒の延之助が納屋から逃げ出そうとした。

だが、その背後にはいつ移動したか、番方の仙右衛門がおふねたちの視界を体で塞ぐように立ち、

「地蔵の延之助、おめえだけ逃げ出しちゃあ、地獄で仲間に顔向けできめえ」

と囁くと匕首を、

ぶすり

と背から心臓へと突き立てた。

文使いの正五郎の墓は三ノ輪の辻の浄閑寺にあった。

見番頭取の小吉が用意した墓だ。

その寺で小吉や四郎兵衛ら吉原の古い仲間が集まり、おふねの一家を呼んで法事が行われた。

斎の席でおふねが、

「死んだ後にようやくお父つぁんと呼ぶことができました。これも偏に吉原会所の四郎兵衛様や小吉様のお蔭にございます。お礼を申します」

と深々と頭を下げて礼を述べた。

瞼に涙を浮かべた小吉が、

「意地なんぞ張らずに生きているうちに、おふね、おれが父親だと名乗ればよかったのによ」

と腹立たしげに言った。

「それができなかった曰くがあったのさ、小吉さん」

「七代目、曰くたあなんだ」

「そいつばかりは正五郎さんとおしんさんに訊くしかあるまい」

「冥土に行くにはちと時間がかかる」

「ならば放っておくことだ」

「世の中、忘れることも大事だからな」

「そういうことだ、小吉さん」

身内だけの法要が終わり、おふねの一家は会所からの土産を持たされて千住宿へと戻っていった。

浄閑寺の山門を最後に出たのは四郎兵衛と小吉、それに幹次郎だった。

山門脇に立つ桜の葉叢を透かした光が四郎兵衛と小吉の顔にちらちらと当たっていた。

「七代目、六十五両の謎だけが残ったねえ」

「小吉さん、おふねにあの六十五両をなぜ渡さなかったか分かるかえ」

「だからさ、おふねが大金を持つと人はろくなことはないと断ったからだろうが、七代目」

「まあ、それもある」

「他の曰くとはなんだえ」

「六十五両の小判に添えられていた明和元年葉月朔日が手がかりになったよ。今から二十三年前の葉月朔日に吉原に上がって、翌二日の夜明け、待合ノ辻で遊女と後朝の別れをした客がいた。五十間道を日本堤に向かったのは南油町(みなみあぶらちょう)の仏具屋の加賀屋(かがや)の旦那、佐七さんだ。だが、衣紋坂にかかると心臓(しんのぞう)がおかしくなって斃れたのさ。偶々通りがかりの人もなく、斃れた様子は分からない。だが、医師の診断で持病の発作で死んだことが知れた」

「死体から懐中物がなくなっていたのかえ、七代目」

「持ち物はなにもなかったよ」

「正五郎がくすねたと」

「小吉さん、二十三年も前のことだ。もう詮索はいいやねえ」

「それで分かったよ。六十五両をおふねに渡さなかった理由がさ」

「昨日、私が加賀屋さんを訪ねて煙草入れ、財布を見てもらった。倅さんと番頭が認めたよ、印伝の革財布と象牙の根付の煙草入れは親父の、先代の持ち物に間違いないと答えが返ってきた」

「加賀屋さんではどう仰っていましたな」

「二十三年ぶりに親父が戻ってきたようだと喜んでもらえましたよ。無論、六十五両もお返ししました」

頷いた小吉が呟いた。

「正五郎、冥土から七代目にお礼を申せ」

瞼が潤み、涙を零すまいとした小吉は顔を上げた。

その視線の先に葉桜が青々と重なって風に戦（そよ）ぎ、光が小吉の顔を照らし、大粒の涙を光らせた。

　　葉桜の　風風に揺れ　面を射（う）つ

幹次郎の胸にふとこの一句が浮かんだ。

二〇〇五年一月　光文社文庫刊

光文社文庫

長編時代小説
初花　吉原裏同心(5)　決定版
著者　佐伯泰英

2022年6月20日　初版1刷発行

発行者　鈴木広和
印刷　萩原印刷
製本　ナショナル製本

発行所　株式会社　光文社
〒112-8011　東京都文京区音羽1-16-6
電話　(03)5395-8149　編集部
8116　書籍販売部
8125　業務部

ISBN978-4-334-79334-0　Printed in Japan

組版　萩原印刷